GAEA

GAEA

青春18x2

——日本慢車流浪記

藍狐——著

推薦序

本書改編自作者吉米（即藍狐，我比較習慣叫他吉米）於二〇一四年發表於「背包客棧」網站上的遊記《青春18×2——日本慢車流浪記》；此外，我們亦與日本導演藤井道人合作，將該篇遊記改編為電影《青春18×2——通往有你的旅程》。

很高興在電影完成的同時，吉米也終於完成了他一直想要改編的小說。發展《青春18×2》這部電影，整整花了十年的時間。這十年也是我學習與尋找自己的一段「慢車流浪記」。

就像故事中亞美說的，「就因為不知道接下來會發生什麼事，所以才有趣啊！」

感謝吉米當年寫下了這篇遊記，讓我有這機會經歷這段充滿驚奇的旅程。而我現在還持續在這旅程之中，並期待著接下來會發生的事……

黃江豐

電影《青春18×2——通往有你的旅程》製片

青春18x2——日本慢車流浪記

目次

僅以此書，紀念我那些逝去的時光。

並獻給曾經青春，或正值青春年華的你。

按

由於小說與電影的敘事方式不同，因此創作過程中是各自改編、互不參考，所以故事亦不相同。但畢竟兩者都源自於同一篇遊記，若是不希望在觀賞電影前預先知道任何資訊的讀者，可以在看過電影後再閱讀小說或遊記。

第〇天

身為當紅玉女明星安琪的經紀人，小惠是非常忙碌的。

經過幾年的實戰工作，現在她已經能獨力包辦安琪的唱片發行、宣傳行銷、通告等等所有行程。

她是安琪最信任的合作夥伴。

對於這件事，小惠非常自豪。要知道，安琪在這個競爭激烈的圈子裡，可算是第一線女歌手中頂尖的存在。不但實力、外貌兼具，而且擁有別人難以模仿的個人氣質和風格。

能夠獲得她的信任，甚至知道她所有祕密，全世界也就只有少數幾個人。

「恭喜安琪，妳最新發行的專輯已經衝上排行榜前五名了！」

「嗯哼。」

「昨天揭曉的票選活動中，專輯主打歌也被最多人選為心目中最喜歡的一首歌喔！」

「我知道，謝謝大家。」

在LIVE直播的網路節目中，一身黑色緊身勁裝、頭髮高高束成馬尾的安琪，正接受節目主持人的採訪。這位主持人向來以辛辣的問話著稱，不過小惠一點也不擔心。

「我很好奇，這也是安琪妳自己最喜歡的一首歌嗎？」

「不是。」

「那妳願意告訴大家，妳最喜歡的是哪一首嗎？」

「世界盡頭。」

「喔……那是妳的出道成名曲嘛！看來安琪是個念舊的人呢！」

「嗯，我是。」

小惠其實很不喜歡這位聒噪的主持人。可以的話，在情感上她絕對不想讓安琪接受對方的訪問，但理智上，她知道這對安琪的事業是有幫助的。身為經紀人，不能感情用事。

「聊完最喜歡的歌，那我們也來聊一聊最喜歡的人好了。關於妳的感情世界一直是個謎，這也是我最好奇的事情……」

來了。小惠心想，早猜到妳會問這個。

「到底什麼樣的男人可以擄獲安琪的芳心呢？我手上有一張照片……」

主持人說著拿出一本週刊雜誌。一看到雜誌封面，小惠立即眉頭一皺。

那是好幾年前的八卦週刊，當時曾引起不小騷動。這個主持人居然翻起舊帳，實在太不上道了！

「在這張珍貴的照片裡面，妳被拍到跟一名穿著皮衣的男子走在一起，可惜並沒有拍到他的臉。雖然當時妳曾經澄清，說這只是一位不願透露身分的朋友，不過，我總覺得應該是另有隱情喔……妳要不要跟我們聊聊這個皮衣男呢？」

「不要。」

「唉唷，不要那麼小氣嘛，反正安琪也到了適婚年齡……」

「訪問結束。」

安琪說完，直接站起來，走出攝影棚，留下一臉錯愕的主持人。

陪著安琪走出門口時，小惠眼見四下無人，小聲說道：「對不起，我沒想到她這麼賤。」

安琪戴上墨鏡朝小惠笑了笑，還來不及說什麼，就聽到門口傳來尖叫聲。

那是一群聞風而來的歌迷，幾乎清一色是年輕女孩。

安琪酷酷地幫她們一一簽名。

小惠看著面露崇拜神色的歌迷們，心想，嘿，當年我也曾是其中一人，同樣拜倒在安琪的石榴裙下呢！嗯，這麼說也許怪怪的……

總之，如今成為安琪最得力的助手，甚至也可算是安琪最親近的朋友，這真的是小惠當初想都不敢想的事，可以說是美夢成真了吧。

雖然這場美夢的實際內容，與她當初想像的有點不一樣。

□

安琪獨自住在台北市區，一棟保全嚴密的公寓大樓頂樓。結束一天的通告後，小惠照例開著保母車送安琪回家。然而身為經紀人，小惠的工作尚未結束，她在安琪公寓陽台躺椅上打了幾通電話、做了幾個筆記後，時間已接近半夜。

小惠打了個呵欠，拉開陽台門走進客廳，一看到眼前場景，忍不住掩面。

我的天！小惠心想，雖然我很高興能成為安琪最親近的工作夥伴兼朋友，也很樂意她與自己分享祕密……但是，有些祕密我情願不要知道。例如眼前這畫面……

客廳裡，一個穿著鬆垮連身運動服，頭髮亂糟糟，戴著黑色粗框大眼鏡，有點邋遢的魚干女，正吃著洋芋片配啤酒，還一邊看著電視，一邊擤鼻涕、摳腳。

再平常不過的畫面。

問題是，畫面裡的女主角是傳說中的高冷玉女歌手安琪。

不論看幾次都無法適應啊！

這不是安琪！小惠心想，就連我，在家裡也沒這麼邋遢啊！

「咦，小惠妳事情做完了嗎？那還站在那邊幹什麼？快過來啊，新的這一集很好看耶！啊，不對，上一集妳沒看，沒關係我跟妳劇透一下就可以了。男主角終於知道女主角的身世了，可是這個賤男人居然因此開始猶豫，然後啊……」

不想知道的祕密之二就是，在鏡頭前惜字如金的安琪，私底下其實話超多，還囉嗦到有點煩人。

回不去了，我心目中的高冷女神。小惠搖頭嘆了口氣，在安琪旁邊坐下，也開了一瓶啤酒。

屁股都還沒坐熱，電話就響了。

「喂小惠，妳怎麼還不關機啊！工作明天再處理啦！」

「呃、大小姐，那不是我的手機啦，是妳家裡的電話！」

「咦！怎麼可能，我家的電話號碼又沒什麼人知道，這支電話八百年沒有響過了……」

安琪一邊碎碎唸，一邊在沙發裡一陣翻找。好一會，總算從一堆雜誌裡翻出無線電話話筒。

「喂……咦？……欸？……阿嬤？是阿嬤喔？」

講沒兩句，安琪面色轉為凝重。

「阿嬤妳沒事吧……沒關係，妳不要緊張，慢慢說……」

用台語講了一會兒後，安琪放下話筒。

「小惠，幫我取消明天早上的行程。」

「欸？怎麼了？」

「吉米好像出事了。我們現在就出發，去一趟嘉義。」

「吉米……那個皮衣男？」

「吼！妳不要這樣叫他啦！」

不想知道的祕密之三：多年前週刊拍到的照片裡的皮衣男，其實真的是安琪的男朋友。

正確來說，是前男友。

小惠嘆了口氣，忍不住心想，如果是很棒的男人也就算了，偏偏這皮衣男真的不怎麼樣！連我都看不上啊！

□

深夜的高速公路上，安琪的保母車一路往南疾奔。

吉米的手機打不通，多虧小惠多年累積下來的人脈，多方打聽下，很快探到了消息。

據說，兩天前吉米和李國興大哥吵了一架，被趕出公司。

事情鬧得很大，很多人都說，從來沒看過有人敢頂撞李大哥，也從來沒看過李大哥那麼生氣。

這可不是小事。李國興乃是「國興音樂」的創辦人，人稱台灣音樂教父，在音樂界可說是「喊水會結凍」的大人物，同時也是提拔吉米成為詞曲創作者的恩師。

唉，怎麼會搞成這樣呢？安琪嘆了口氣，但不敢發出聲音，要不然小惠又要碎碎唸說什麼熬夜不睡覺，皮膚會變差了。

安琪是在吉米剛進李大哥公司時認識他的，而吉米創作的第一首歌曲《世界盡頭》，便是由安琪擔任主唱。這也是她出道時第一張專輯的主打歌。

自那以後，兩人互相打氣，一起朝著各自的夢想努力。

到現在，已經過了十幾年。

與吉米曾經的那段感情為高度機密。除了吉米的阿嬤之外，只有小惠知道。

安琪心想，難道是因為我事業太成功，所以給了他太大的壓力？

在搖搖晃晃的保母車裡，安琪想著心事，終於還是睡著了。

小惠聽到後座傳來打呼的聲音，滿意地點了點頭。安琪是不是裝睡，基本上瞞不過她。忙完一整天繁重的工作後繼續開夜車，這可不是開玩笑的，小惠又喝掉一瓶提神飲料，她得安全地把安琪送到目的地才行。

□

天還沒亮，兩人已抵達位於嘉義民雄鄉下的吉米老家。

吉米的阿嬤抓著安琪，像溺水的人抓到浮木般，用台語說個不停。

「這孩子，我不曾看過他這樣……」

見到吉米房間的慘狀，安琪立刻知道為什麼阿嬤這麼擔心了。

一向愛乾淨的吉米，房間總是整理得有條不紊、一塵不染。可是現在，不但凌亂不堪，地上還到處丟滿了被撕成碎片的紙張。

「看起來像是樂譜……」小惠檢查了一些碎紙片之後說。

最令人不安的，是地上那把斷成兩截的吉他。

安琪認得這把吉他。這把吉他的背面，木柄和音箱交接處，用簽字筆寫著日文字的「加油」，字跡有些模糊，看起來是很久以前寫的。

打從安琪認識吉米以來，他總是隨身帶著這把舊木吉他。

不論作曲或者即興彈奏，吉米常常整天抱著它不放。

如今這把吉他的木柄從中間不規則斷開，音箱也裂了，琴弦斷了三條。看這樣子，應該是被用力砸爛的。

「阿嬤，吉米是什麼時候不見的？」

「昨天吃完晚飯不久，人就不知跑去哪了，房間也弄成這樣。」

安琪又打了一次吉米的電話，仍然不通。

她一抿嘴唇：「小惠，報警吧。」

□

在小惠的堅持下，安琪被迫戴上口罩、墨鏡及鴨舌帽，並且只能坐在角落，禁止說話，以免被認出來。

警察半小時後抵達。

「有人報警吼？欸……？是不是要查這個可疑人士？」

結果裝扮特異的安琪反而先招來警察的疑心。

小惠連忙拉開警察。

「不是啦！我表姊感冒了，流行性感冒喔！很嚴重！警察先生麻煩你不要太靠近她，會被傳染喔！」

安琪連忙咳了幾聲。警察這才半信半疑地跟著小惠和阿嬤去查看吉米的房間。

「說是人不見了？你們有打電話給他嗎？」

「有啦，但他的手機關機了，打不通。」

「那他有沒有留下什麼信或者紙條之類的東西呢？」

聽著警察慢吞吞地進行例行問話，安琪只能遠遠坐著乾著急，一點忙也幫不上。

「警察先生，如果我們聯絡得到他，或者是有他留下的訊息，就不會報案了。可以麻煩你們快點開始調查嗎？我們很著急！」

幹得好啊小惠！安琪心想。

警察有點不情願地用無線電向警局回報之後，開始調查。

「請問一下，在他失蹤之前，他的行為有沒有什麼異常呢？」

「有啦，自小看他長大，我一看就知道他心裡有事情。」吉米的阿嬤說。

「這樣喔，他有跟妳說是什麼事嗎？」

「沒，這孩子，若是事情想要藏在心裡，就什麼都不會說。」

「……那他失蹤之前都做什麼事？」

「他回來一整天，除了吃飯就只是在房間裡……喔，他一直在看一本書。」

「看書？妳知道他看的是哪一本書嗎？」

吉米的阿嬤猶豫了一下，在書桌旁的碎紙堆裡撿起一本淡紫色書冊。

「應該是這本。」

「喔……這個不是書，好像是日記之類的東西呢。」警察翻了下手中厚重的冊子，皺起眉頭：

「整本寫得滿滿的，看完要花很多時間……」

「沒關係，」小惠忙道：「反正我表姊感冒不能動，就請她幫忙看好了。」

於是冊子被交到安琪手中。

其他人繼續在房間搜尋線索，安琪的注意力則被手上的冊子吸引。

奇怪，我不記得吉米有寫日記的習慣呀？

安琪一邊在心裡嘀咕，一邊懷著好奇心打開了冊子。

第一頁的最上緣寫著日期：「一九九六年，九月」。

哇，這是十幾年前的日期了耶！

安琪心裡約略計算了下。當年寫下這些文字的吉米，應該也才十七、八歲吧？

吉米的日記

一九九六年，九月

啊啊啊！到底為什麼？為什麼我這個天才竟然會覺得這麼難受啊！

只要一想到亞美，胸口就喘不過氣。可惡，這就是失戀的感覺嗎？真的很不爽！

更不爽的是，因為不想跟別人聊這些事，只好找個地方發洩。沒想到老子連躲到空曠的地方大叫兩聲，都會嚇到躲在樹叢裡割草的阿伯。

「哭北喔？你家死人是不是？」

馬的，阿伯，我只是失戀而已，沒那麼嚴重好嗎？

總之，真的是連一個發洩的地方都沒有！

沒辦法，只好提筆寫下來了。這本新買的筆記本很大、很厚，但總覺得我這憋了滿肚子的情緒可以把它寫得滿滿的！

怎樣，老子在紙上發洩總可以了吧？

距離亞美離開台灣，算起來今天是第二十天了。前兩天收到亞美的明信片，居然是從俄羅斯寄來的。

亞美出生的國家日本就已經夠遠。俄羅斯？完全無法想像。而這才只是亞美旅程的剛開始而已。

總覺得她會就這樣越走越遠，然後就此消失在我的人生中……

啊啊！悶死人了！

我就來把這段時間發生的大大小小事都寫下來吧！

雖然是發洩，但說不定哪天我會把它寄給出版社，然後出書呢！畢竟我是天才嘛！

該從哪裡寫起呢？嗯，就從遇見亞美那天說起吧。

還記得那天……

「喂……什麼？嗯，對……哇咧，搞屁喔！好啦好啦我知道了！」

安琪才讀到日記本第二頁，就被警察講電話誇張的音調打斷了注意力。

「不用找了啦！剛才局裡打電話來，說查到你們報失蹤的這個人，今天一大早就出境了！」

「出境？是指他離開台灣了嗎？」小惠忙問。

「對啦，根據查到的資料，他已經搭飛機去日本了啦！想要自殺的人，不會特地買機票飛去日本吧？反正這個案子結案了啦！你們吼，要知道警察是很忙的捏，不要沒事就亂報案啦！」

小惠連連道歉著把警察送出門，嘴裡當然免不了抱怨一番：「該死的皮衣男，就會搞事！」

阿嬤則總算鬆了口氣。

老人家一夜沒睡也是累壞了，安琪連忙扶她進房休息。

走出阿嬤房門口，看到小惠連連打呵欠，安琪這才想起對方熬了一整晚開夜車，不像自己至少在車上睡了會兒，不禁覺得有些內疚。

「抱歉啦小惠，妳應該很累了吧？要不要在這邊睡一下再走？」

「好是好，但是要睡哪裡？」

「妳可以睡吉米的房間啊。」

「靠！我才不要睡皮衣男的髒床！」

「不會啦，那張床我也睡過很多次，很乾淨的。」

「天啊！我不想知道，妳不要再說了……」

第一天

人生第一次出國，所有的一切對吉米來說都非常新鮮。

因為是臨時決定，根本沒有預訂機票。幸好，在桃園機場的航空公司櫃台很幸運買到了一張清晨出發的機票。

初次體驗搭飛機，由於睡眠不足，伴隨著降落時嚴重的耳鳴，吉米一直都是昏沉沉的。直到走出成田機場大樓，才一瞬間醒了過來。

哇靠！這麼冷！

雖說已經是三月初，東京郊外的清晨仍是極冷。吉米身上只穿著足以應付台灣冬天的薄皮衣和破牛仔褲，在室外連一分鐘都撐不了，只得連忙逃回機場大廳。

打開隨身攜帶的小腰包，裡面只有護照、錢包、手機和一些雜物，什麼旅行裝備都沒有。

真是太失策了！

再拿出手機一看，早已沒電。幸好機場裡隨處都有充電的場所。

插上充電線開機後，才剛連上機場網路，新訊息和未接來電的提示音就響個不停。吉米仔細一看，居然有一百多通未接來電。

忙著讀訊息時，又有電話打來了，是安琪。

吉米接起電話。

「喂……幹嘛啊？奪命連環 CALL 喔？」

人在保母車裡的安琪沒料到電話會突然接通，反而呆住了。

「呃……你……欸？」

「欸什麼啦！我剛到日本。你們會不會太誇張？竟然還報警！」

安琪這才回過神來。

「你終於肯看訊息了喔？你這人，你知道阿嬤很擔心嗎？」

「喔，好啦，昨天突然決定出門，忘記先跟她講，我等一下再打電話跟她說啦。」

「阿嬤一整晚沒睡，現在在休息，你晚點再打吧。」

「嗯。」

一陣沉默。

「妳打來就是要說這個喔？」

「嗯……還有，李大哥的事我聽說了，你還好嗎？」

「還好啊。」

「你究竟為什麼跟李大哥吵架啊？」

「呃……就……我跟他說，叫他不要干涉我這個天才的創作理念，然後他就發飆了……」

「居然敢跟魔鬼李講這種話，有夠白目。」一邊開車一邊偷聽的小惠忍不住碎碎唸。安琪白了她一眼。

「然後就被炒魷魚了，哼。」吉米接著說：「也沒什麼大不了的。」

「那……你去日本幹什麼？你以前不是都說，對出國旅行沒什麼興趣？我叫你去辦的護照也從來沒用過。」

「就，失業了，所以來散散心啊。」

「你……你是要去日本找那個叫作亞美的女生嗎？」安琪忍不住問。

「呃，妳怎麼會知道這個名字？」吉米一愣。

「抱歉……我看了你的日記……不過只看了第一頁。」

「算了，不怕妳看。」

「所以……你是要去找她嗎？」

「算是吧，但也不太是。」

「在說什麼啊……？」

「哈哈！」吉米突然大笑：「妳……該不會是在吃醋吧？小心被狗仔聽到喔！」

「神經病！」

安琪氣得掛斷電話。

「那個痞子，安琪妳不要理他了啦！」小惠說：「下一個通告還有好幾個小時，妳要先回家補眠嗎？」

「不用，先去李大哥那裡一趟吧。」

「欸？現在？為什麼？」

「開車啦，妳很囉嗦耶。」

□

講完電話後，吉米突然面臨人生最大危機。

昨晚在嘉義，阿嬤煮了一大桌菜。而幾乎全世界的阿嬤煮的菜都有一種奇怪的魔力：你即使心情再不好，還是會忍不住把它吃光光。

如今過了一夜，那些來不及消化完全的菜，突如其來地，爭先恐後想要逃出來了。

廁所！在哪裡？

這機場簡直像迷宮一樣！

夾緊屁股、邁著小碎步在機場裡東奔西走。最後，在即將爆發之前，吉米總算看到了廁所的指標。

衝！

「喔……爽！」

坐在馬桶上的吉米吁出長長一口氣，人生最大危機解除！

仔細想想，這可是這輩子第一次在國外拉的屎呢。

值得紀念的第一次。

吉米心滿意足地按下一旁的沖水按鈕，突然，神奇的事情發生了。

一股溫暖、強而有力的水柱直噴肛門而來。

「哇啊啊啊！」

突發事件讓吉米一動也不敢動，因為此時站起來的話，感覺會被不知道有沒有沾到屎的水噴濕一身。

慌亂間，仔細研究牆壁上複雜的按鈕。原來這就是傳說中日本發明的自動洗屁屁馬桶。剛才按到的不是沖水鈕，而是洗屁屁鈕。

這什麼詭異的東西！怎麼有一種……被侵犯的感覺！

手忙腳亂地研究了片刻，才終於解除這可怕的水炮。

然而走出廁所時，出乎意料地，剛才那股外力侵入的不安感，居然很神奇地化為一種奇異的滿足感。

旅行也不錯嘛，吉米心想。

也許接下來，我會找到自己想要的答案，也許不會。

但是管他的，總之出發吧！

吉米仔細一看周遭，才發現剛才十萬火急找廁所時，已經不知不覺離開機場範圍，來到地鐵轉運中心。

很好，大便君帶我來到我要找的地方了。這一次來日本，就是為了搭火車。

然而……這個轉運中心也太複雜了吧！什麼京成什麼ＪＲ的，還有分這麼多不同顏色跟月台……這……

眼花撩亂的吉米正左右張望時，一個路人吸引了他的目光。

正確來說，是那個人肩上揹著的大背包吸引了他的目光。

沒錯，跟亞美當年揹的是同一款。

「那個……不好意思！」吉米下意識叫住了對方。

揹著大背包的路人回過頭。

「嗨，請問有什麼事嗎？」

「呃……那個……這個……嗯……」

吉米一時語塞，一方面太久沒講日文，一時找不到正確用字。另一方面，其實自己也不知道為什麼要叫住對方。

「嗯……」那人上下打量他：「您不是日本人吧？」

「是的，我是台灣人。」

「喔！台灣啊！歡迎來日本玩，我叫安田。」

「初次見面，我叫吉米。」

兩人寒暄了幾句，吉米注意到這人的身高體型都和自己差不多，也是個瘦高個兒。

「啊咧，等一下，」安田君突然眼睛一亮，直勾勾地盯著吉米身上的皮衣：「吉米君，你這件皮衣……是真貨嗎？」

喔？莫非是個識貨的？

「當然是真貨！很不容易買到呢！」

「天啊，這是我夢想的皮衣呢！這一件要……我記得……二十萬日幣左右吧？」

果然是識貨的！嘿，在台灣，懂得欣賞我這個天才品味的人實在太少了，想不到一出國，馬上就遇到知己。

安田君對著皮衣嘖嘖稱讚了一番，才突然想到：「啊抱歉，一時忘我了，你是不是有什麼需要我幫忙的呢？」

「喔，是的，」吉米說，「請問你知道要怎樣才可以買到青春18車票嗎？」

「哈，你是說這個嗎？」安田君笑吟吟地從口袋裡掏出一張車票，上面正寫著：青春18套票。

「我才剛結束旅程呢！」安田君說。他的車票上已經蓋滿了章。

果然是知己啊！吉米心想。

在安田君帶領下，兩人來到自動售票機前。很快地，吉米就買到了自己的青春18車票。

「你這張現在還是空白的喔。」安田君說：「每天只要在空格中蓋一個章，就可以通行無阻地搭乘慢車！這裡總共有五個格子，夠你走很遠了呢！」

「謝謝你！」

「不客氣……那麼，我朋友的車在外面等，我得走了。嘖嘖……總有一天我也一定要買到這件皮衣！」

安田君臨走前還深情款款地看著吉米身上的皮衣。

吉米腦海中突然閃過一個想法。

「安田君，我們來換吧！」

「換？換什麼？」

「我用這件皮衣，交換你身上的衣服和背包。」

「什麼？真的嗎？」

「啊，還有，如果你背包裡有什麼我接下來用得著的旅行用品，可以一併附贈嗎？」

「當然可以，但是……你是認真的嗎？？」

兩人立即在剪票口前交換。安田君把身上的機能外套，以及整個大背包連同裡面的東西直接給了吉米。看他高興的樣子，恐怕就算要他把內褲脫下來附贈都願意。

交換完畢後，安田君千謝萬謝地離去了。而吉米則將手中的青春18車票遞給剪票口的站務員。

站務員在上面蓋上了標有日期的第一個章。

旅行正式開始！

就讓我藉由這段旅程，好好做個了斷吧！吉米心想。

換上全新裝備後，好像整個人都神清氣爽起來，彷彿真的開始有旅行的感覺了呢！

嗯……不過這個大背包好重……

不但重，而且搖搖晃晃，有夠難揹……

受背包的影響，吉米東倒西歪地走到月台，只見人頭攢動，等車的人幾乎塞滿整個月台。

月台兩邊同時有車進站。

好！出發吧！

啊……但是……要去哪裡呢？

進站的列車車頭指示牌上，都是陌生的地名，吉米這才想起自己根本沒有任何頭緒，畢竟是憑著一股熱血就胡亂買了機票來日本的。

等車人潮紛紛散入兩側車廂，而吉米站在月台中央，久久拿不定主意。肩上的背包感覺也越來越沉重。天啊，揹著這個東西，真的可以旅行嗎？當年亞美到底是怎麼辦到的？她明明那麼瘦弱！

嘖嘖，亞美可以，我一定也可以！再說，跟我現在揹負著的其他東西比起來，這點重量算什麼呢？

月台上鈴聲響起，左邊的車似乎要開了。

那就走吧！一定會有好事發生的！

吉米邊這麼想著，邊邁著搖搖晃晃的步子，在車門關上前一刻衝進車廂。

由於衝得太快，吉米身後的大背包甩了出去。

「好痛！」

背包似乎打到了坐在一旁的乘客。

「啊……抱歉、抱歉……」吉米連忙轉身道歉。

然而一看到眼前這個摸著頭站起身來的乘客，吉米不由得倒吸一口涼氣。

哇咧……日本也有長相這麼凶惡的人嗎？而且，竟然還比我高了半個頭。

更要命的是，這個人身上穿的……顯然是警察制服。

車廂裡瀰漫著一股異常緊張的氛圍。

左側原本還有三三兩兩幾位乘客，但不知何時，所有人都默默拉開了距離。於是突然間，方圓三公尺內只剩下吉米與這個一臉凶相的警察，兩人大眼瞪著小眼。

「呃……真的、真的非常抱歉，我真的不是故意的！」

警察瞇著眼上下打量了吉米好一會兒，才終於開口說話。

「聽你的口音，你不是日本人吧？」

「是的，我是台灣人。」

「嗯……你很可疑喔！」

「欸？」

不是吧，我只不過不小心在你頭上K了一下而已啊，哪裡可疑了？雖然依照這個背包的重量來看，這一下爆擊應該是滿痛的……

警察指指吉米身上的大背包。

「這個背包有很明顯的使用痕跡，應該不是新的喔，可是看你的樣子，卻好像是第一次揹它，這是怎麼回事呢？」

咦？怎麼會知道我是第一次揹它……

「你看這邊，這個肩膀上的帶子是可以調整鬆緊度的，還有，在胸部跟腹部這邊的帶子都可以扣上釦環來減少肩膀上的壓力。像這種大背包，如果不好好調整一番，揹起來是非常痛苦的，所以我推斷，你一定是剛剛才開始使用它。」

哇！原來還有這番學問！不過，日本不愧是出產柯南跟金田一這些名偵探的國度啊，車上隨便K到的警察，觀察力居然如此犀利。

「奇怪的地方就在於，明明不是新的背包，卻又是剛開始使用……你剛從機場出來，也不可能在這裡買到二手的舊背包。再加上，這個牌子的背包非常貴，即使是二手品也有一定的價值，請問，這說明了什麼呢？」

我哪知道這說明了什麼……

「一切的謎底都揭曉了，你這個背包，是偷來的！」

哇靠，這句話怎麼聽著有點像漫畫台詞……

「不是啊！警察先生！你誤會了！」

「誤會？那你告訴我，背包裡面有哪些東西？如果不是偷來的，應該回答得出來才對。」

……問得好，我還真不知道背包裡裝了什麼。

這下糗了，該不會才到日本，就被當成罪犯遣送回國吧！真是出師不利啊！

於是吉米只好一五一十地把剛才與安田君交換裝備的事詳細解釋一番。

等到把這複雜的來龍去脈說完，電車也已經駛出隧道範圍，車窗外是一片寧靜祥和、令人心情愉悅的日本鄉下田野風光。

然而吉米卻一點也愉快不起來，因為看警察臉上的表情，明顯可以感覺他還是半信半疑。

「那麼，你的目的地是哪裡？」

又是一個好問題……

「呃，其實我也不知道……」

「什麼？連目的地都不知道？你真的很可疑喔！」

吉米無奈之下，只好拿出青春18車票。

「其實呢，在台灣發生了一些事情，我不知道接下來的人生要怎麼走下去，不知不覺間，就買了機票來到日本。」

不知道是不是錯覺，吉米總感覺警察先生在看到青春18車票的那一瞬間，臉上表情鬆緩了下來。

「原來如此，青春18啊，那就說得通了……不過，應該不只是這樣，肯定還有其他原因讓你來到日本吧？」

「這個嘛……」

「果然……還是因為女人吧⁉」

哇咧……這位警察，搞不好真的有成為名偵探的才能喔！

「好吧，總之會搭青春18旅行的人，都不會是壞人，我就相信你了。」

……這又是哪來的一點根據也沒有的結論？

不論如何，解除了嫌疑人身分之後，吉米總算鬆了一口氣。

警察向他詳細解釋如何調整身上的大背包。吉米照做之後，果然感覺肩上負擔大大減少，走路也不再搖搖晃晃了。

「警察先生，你懂的好多！真是太感謝你了！」

「這沒什麼，不要看我這樣，除了推理之外，我最大的興趣就是搭電車喔！青春18的車票嘛，我用過好幾次了，去年也才剛流浪過呢。」

這樣啊……吉米心想，原本還擔心自己的年紀已經是十八的兩倍了，用這張「青春」、「18」的車票會不會遭人側目，但既然連你都敢用，那我也沒什麼好顧慮了。

幾站之後，警察下車了。

「再見，警察先生，謝謝您的幫忙！」

「一路順風……不要死啊。」

「什麼？」

「開玩笑的。」

揮別警察後，車廂裡的人明顯少了很多。吉米找了個可以清楚看見窗外風景的座位坐下，整個人放鬆下來。

呼……這番折騰弄得我好像真的暫時把煩惱都忘記了呢。

電車駛入一望無際的田野。

看著窗外風景不斷倒退，吉米總算開始有了旅行的感覺。

□

小惠把保母車停在台北東區一棟豪華的辦公大樓前，與安琪一起來到頂樓的「國興音樂」辦公室。

「安琪姊好！」

「安琪姊好！」

「歡迎歡迎，安琪，是什麼風把妳吹來的呢？喔……小惠也好久不見了。」

即使對於這些在唱片公司上班、見慣各路大明星的工作人員來說，能夠親眼看到安琪本人也是一種莫大的幸福。

連李國興都親自從辦公室走出來迎接她。

年輕女助理畢恭畢敬地放下熱茶後，忍不住以崇拜的眼神看著安琪，心想，天啊！本人真的超美的！而且又酷……實在太帥氣了啊！

小惠則是偷眼打量傳說中的「魔鬼李」，這也是她第一次這麼近距離見到這位台灣音樂教父。只見他一張國字四方臉上雖然面帶微笑，但自然而然地散發出一股威嚴。

要知道，「工作模式」下的安琪氣場已經夠強，一般人不論年紀多大、地位多高，在她面前通常都會不由自主地被懾服。可是這個李國興卻能給人一種彷彿安琪在他面前只是個小朋友的感覺。

小惠心想，皮衣男居然敢跟這種人吵架，該說是勇敢呢？還是白目……

女助理退出辦公室後，李國興喝了一口茶，正色道：「安琪，我跟妳都是不說廢話的人。妳今天來，是為了吉米那小子嗎？」

「李大哥猜得沒錯。」

「嗯……我明白妳跟他算是有一點革命情感，畢竟妳的出道曲是那小子寫的，不過，即使是妳來求情，我也不會改變決定。」

壞就壞在不是只有革命情感，還有別的糟糕的情感在啊！一旁的小惠忍不住在心裡嘀咕。

「可以請問發生了什麼事嗎？」

「哼！這小子這幾年被我打入冷宮，對於只能一直接案編曲覺得不滿吧。」

「那他這幾年寫的歌呢？」

「沒一首能用的！我們國興音樂跟市面上那些粗製濫造的量產公司不一樣，沒有靈魂的作品，一律不能過關！」

「李大哥覺得他的問題在哪裡呢？」

「就拿這次吵架的導火線來說吧，妳知道目前正準備籌劃上映的《回到十八歲》這部電影嗎？」

「嗯，聽說是未上映先轟動的超級大作。」

「沒錯。電影公司委託我製作電影主題曲，所以我就在公司內部辦了個比稿大賽……」

「吉米也參加了比稿？」

「對，端出來的作品還是同一個毛病，流於炫技，沒有靈魂！我說了他幾句，臭小子居然還怪到我頭上來了，說什麼當初是我叫他專注於磨練技巧的……」李國興說到這裡，冷冷一笑：「哼，敢在眾人面前頂撞我的人，倒是很久沒遇到了。」

那冷笑讓安琪忍不住打個了寒顫。

「總之，除非他向我公開下跪道歉，否則我可以保證，台灣音樂界以後不會再有這個人的名字出現！」

「李大哥，我想……」

「夠了。」李國興伸手阻止安琪繼續說：「我不想再談那小子的事，倒是有另一件事……」

李國興看著安琪，臉上表情和緩了些，笑道：「本來我還無法決定這首主題曲要找誰來唱，不過今天看到妳坐在這裡，我的直覺告訴我，就是妳了！怎麼樣？有沒有興趣接下來？」

還不等安琪回答，一旁的小惠已經第一時間舉起手：「當然願意！謝謝李大哥給我們這個機會！」

「哈哈哈！安琪，妳的經紀人很稱職啊！就算對妳來說，這也是個不容錯過的好機會喔！」

李國興笑得開懷，似乎已經忘了剛才不愉快的談話。

□

「這可是大案子喔！由李國興製作的超級電影大作主題曲，今天真是賺到啦！」

回到公寓時，小惠還難掩興奮之情。

安琪則眉頭緊皺，不斷地重複撥出電話，但仍然無法接通。

「唉！又打不通！急死我了！」

「皮衣男喔？安琪妳不要管他了啦！」

「我怎麼能不管，事情比我想像的嚴重很多耶！」

「嗯，的確，看今天魔鬼李氣成那個樣子，皮衣男這次是真的慘了……」

「豈止是慘，要是被封殺，他努力了一輩子的音樂夢想就要全部完蛋了啦！」

「嘖嘖，都這種時候了，真搞不懂這個皮衣男怎麼還有心情去日本玩……」

這的確很不尋常，安琪心想。吉米對於音樂的熱愛和執著，她比任何人都清楚，現在確實不是去日本玩的時候，到底為什麼……

突然安琪想到了什麼似地，在背包裡一陣翻找，捧出一本冊子。

淡紫色封面，那是吉米的日記。

「咦？安琪，妳竟然把皮衣男的日記帶回來了喔？不要看了啦！趕快補眠！要不然皮膚會變差耶！」

「妳別吵，去睡妳的吧！」

打發走小惠後，安琪翻開吉米這本十八年前的日記。

也許這裡面有答案吧？安琪心想。

在沙發上坐下，打開閱讀燈，安琪由第一頁開始細細讀起。

吉米的日記

一九九六年，九月

啊啊啊！到底為什麼？為什麼我這個天才竟然會覺得這麼難受啊！

只要一想到亞美，胸口就喘不過氣。可惡，這就是失戀的感覺嗎？真的很不爽！

更不爽的是，因為不想跟別人聊這些事，只好找個地方發洩。沒想到老子連躲到空曠的地方大叫兩聲，都會嚇到躲在樹叢裡割草的阿伯。

「哭北喔？你家死人是不是？」

馬的，阿伯，我只是失戀而已，沒那麼嚴重好嗎？

總之，真的是連一個發洩的地方都沒有！

沒辦法，只好提筆寫下來了。這本新買的筆記本很大、很厚，但總覺得我這憋了滿肚子的情緒可以把它寫得滿滿的！

怎樣，老子在紙上發洩總可以了吧？

距離亞美離開台灣，算起來今天是第二十天了。前兩天收到亞美的明信片，居然是從俄羅斯寄來的。

亞美出生的國家日本就已經夠遠。俄羅斯？完全無法想像。而亞美的旅程這才剛開始而已。

總覺得她會就這樣越走越遠，然後就此消失在我的人生中……

啊啊！悶死人了！

我就來把這段時間發生的大大小小事都寫下來吧！

雖然是發洩，但說不定哪天我會把它寄給出版社，然後出書呢！畢竟我是天才嘛！

該從哪裡寫起呢？嗯，就從遇見亞美那天說起吧。

還記得那天，我跑去籃球場鬥牛，整個下午一場球也沒輸，打得超爽。

然而打工時間到了，快要騎到公司的時候，爺爺那台老爺車居然拋錨了，怎麼踩都發不動。

可惡！該死的爛車！

我要賺錢！我要買新車！

沒辦法，我只好一邊咒罵，一邊推著車子，一路跑到公司。

滿身大汗地趕在最後一分鐘打完卡，亞美剛好走進來。

身為服務生，看到客人走進來通常就要喊「歡迎光臨」。可是當下我沒有喊，因為眼前這個揹著超大背包、高高瘦瘦的女孩，一進來就滿面笑容地對著我招手。要不是我很確定像這種程度的美女我只要看過就不可能忘記，還真的會以為是認識的朋友進來找我。

亞美直直走到我面前的時候，我承認我很不爭氣地緊張了起來。難道，傳說中被漂亮妹子搭訕的劇情就要上演了嗎？

「摳尼吉哇！」

「啊？呃……摳尼吉哇……」

她一開口居然就用日語對我說個不停。

「那個，你會說日語對不對？真是太幸運了！我在台北很少遇到會說日語的台灣人呢！那個……雖然初次見面就要這樣麻煩你很不好意思，但是，可不可以請你幫我翻譯呢？」

搞了半天原來是要叫我當免費的翻譯。

由於當下太過錯愕，我也沒細想為什麼她這麼確定我會說日語。知道原因是後來的事了，不過在這裡先不寫。

總之我腦袋一片空白地直接答應了。

一問之下，原來亞美想要在我們這家店打工，而且一開口要求的時薪就是公定價的兩倍。

當時我一邊翻譯一邊心想，我們經理這麼摳，老闆更摳，絕對不可能答應這種條件的。

沒想到經理跟老闆通過電話後，居然答應了！

哇操！我就納悶了，當初老子來應徵的時候，只不過是想要求多加十塊錢的時薪，經理就直接叫我另謀高就耶！

反正，當天亞美被直接錄取。可以想像，當時我的心情可說是既錯愕，又氣憤。

事情還沒完，談完薪水、確定錄取之後，我看到亞美一臉不太滿意的樣子，隨口問了一下：

「怎麼了？對工作內容有什麼疑問嗎？」

「工作內容沒有問題，就是薪水方面……嗯，比我在日本打工時的薪水低了一點，實在不太滿意，我應該要求更高一點的。但我又怕要求太高，就不會被錄取了。」

薪水不滿意？

薪水不滿意？

可能是被我捧著胸口張大嘴巴說不出話來的白痴模樣嚇到，亞美連忙補充：

「啊，對不起，我不應該太貪心的，我應該先努力工作有表現之後，才可以要求跟吉米醬一樣的薪水……」

現在回想起來，當時沒有被氣到心臟病發作，就表示我的心臟真的是滿健康的。

反正，剛認識亞美的時候，我實在是不太喜歡她，不知道是出於羨慕呢？還是嫉妒？

然後，當天晚上發生的另一件事情，又讓我更加討厭她了。

※

我打工的這家店，名字叫作「神戶小木屋KTV」，位於嘉義後火車站旁。聽名字就知道，是一家有庭園式造景，可以讓客人在小木屋裡唱卡拉OK的店。

到這裡來打工的原因很單純，因為我聽說這家店的客人都很慷慨，小費給得很多。

對，我就是愛錢。

沒辦法，誰教我家裡窮呢？從小跟著阿公阿嬤住，雖然還算不愁吃穿，但我很清楚家裡的經濟狀況只能算是勉強可以溫飽而已。

關於這點我倒是沒有什麼抱怨，畢竟我都已經是個又高又帥又什麼都會的天才了，如果還希望家境優渥，是會遭天譴的吧！

但還是必須及早開始賺錢養活自己才行，所以大學聯考一結束，其他同學馬上都去爽爽過暑假，我則是選擇先賺錢再說。

亞美來應徵的時候，我其實也才剛開始上班不久。沒記錯的話，我大概只比亞美早了一星期左右進來吧。

「跟大家宣布一個好消息，今天晚上我們要辦一場迎新會，歡迎亞美加入我們！全部公費喔！老闆特准的！」

經理宣布這件事的時候，所有人歡聲雷動。我則是想，為什麼我到職的時候就什麼屁歡迎會都沒有……

已。

不過，說是迎新會，其實也只不過是在我們自己店裡開一個包廂讓大家免費歡唱而

說起來，我這個天才優點很多，缺點則很少。但很不幸地，我的其中一個缺點就是沒有辦法上台。所謂上台，基本上包括了所有會被大家盯著看的事情。很奇怪，我只要一被大家盯著看，就會頭腦空白、手腳冰冷……也因此，舉凡在台上演講啦、唱歌這種事，我是絕對不幹的。這並不是說我唱歌不好聽喔，相反地，我簡直就是個音樂才子，會寫會彈也能唱。

總之，我原本是想要落跑，不參加這個所謂的迎新會。然而，無奈我是店裡唯一會講日文的人，經理堅持無論如何一定要有翻譯在場，所以我只能被迫參加。

我心想好吧，反正我進去負責翻譯、吃免錢的小菜，只要別點歌、別唱歌就好啦。

迎新會進行得還算順利。

全場的焦點都在亞美身上。

「大家好！我是亞美，很高興認識大家！希望今後可以跟大家一起愉快地工作！今晚我們就來場台日卡拉OK大戰吧！我是日本代表，大家是台灣代表！」

我翻譯完這一段之後，大家就開始嗨了。整場歡迎會就這樣在亞美點一首歌、其他人點一首歌的節奏中愉快進行著。

我們KTV的歌單裡有不少日文歌，而亞美唱歌是真的好聽，她略微低沉的嗓音，唱起歌來很有感情。我聽了很佩服。

至於其他人，我雖然也稍微佩服他們，但純粹只是因為這些人把歌唱成這樣，竟然還敢繼續唱這件事，讓我覺得自嘆不如而已。

總之，一切順利，如果最後沒有發生那件事的話。

迎新會接近尾聲，亞美唱完一首歌，其他台灣代表們爭先恐後討論著由誰來唱下一首歌時，亞美突然把麥克風遞給我：「吉米醬，你都沒有唱歌呢！」

「啊，我不能唱歌啦！」我連忙將麥克風遞還給她。

結果其他同事也跟著起鬨。

「對耶，吉米怎麼都不唱？這是你的權利耶！」

我真的不需要這個權利沒有關係……

「對不起喔，你是不是都忙著翻譯沒時間唱……」

我其實只是忙著吃小菜，不用對不起……

「吼，不要謙虛了啦！」

絕對不是！我真的從未擁有謙虛這種美德……

眼看不妙，正打算起身落跑之際，卻被眼尖的亞美一個箭步擋在門口。只聽見她拍著手開始起鬨。

「吉米醬、吉米醬、吉米醬、吉米醬……」

其他人也跟著大喊。

「吉米醬、吉米醬、吉米醬、吉米醬……」

怎麼回事？搞得好像選舉造勢大會一樣。

總之最後，很不幸地，我被推到台上，手中塞了麥克風。同時背景音樂響起張學友的《吻別》這首歌。基本上是連三歲小孩都會唱的一首歌。

啊啊啊啊啊啊，完蛋了。

之後的記憶有點模糊，應該是太丟臉了被我強行刪除了吧。總之我很肯定，我一個字都唱不出口。

只記得後來，起鬨的所有人都安靜下來之後，好像有人輕聲說了一句：

「原來真的不是謙虛啊……」

廢話！我不是早就說了嗎？

總而言之，這就是我認識亞美的經過。

※

仔細回想，許多記憶一一湧上。我會把記得的全都寫下來。

還記得，亞美害我在迎新會上出糗之後，當天晚上我就發誓，老子要是再跟她說一句話，就是烏龜王八蛋！

結果，還沒過二十四小時，隔天一上班我馬上就成了烏龜王八蛋。

經理直接把我跟亞美分在同一組，這樣我怎麼可能不跟她說話？

經理的居心可想而知，她擺明就是要我在當服務生的同時，還要兼職當翻譯！

「經理，這是額外的工作吧？這樣的話，我要求加薪！」

「呵呵呵，這沒辦法喔，不過我向你保證，跟亞美同組，你收到的小費一定會變多。」

用這種一點根據都沒有的說法是糊弄不了我這個天才的！

「我才不信，要是這樣小費就能變多，那我就是烏龜王八蛋！」

「呵呵呵……」

然而很不幸地，沒幾天我就確定，我又再次當了烏龜王八蛋。

後來回想起，大概是因為嘉義這個地方很少有外國人吧。再加上台灣男人又不知道為什麼對日本女生特別有興趣……總之，亞美的出現，很快變成轟動嘉義KTV界的新聞。

她開始上班沒幾天後，店裡業績突然爆炸性成長起來。

經理安排亞美站在大廳，負責為所有進場的客人帶位進包廂，而我也總是必須隨侍在側，負責翻譯。

幾乎所有客人都對亞美感到好奇，問的問題五花八門、什麼都有。但問得最多的，大概不外乎是這一題：為什麼會來台灣？又為什麼會來嘉義？

亞美總是不厭其煩地解釋，自己正在展開環遊世界的旅行，所以選擇距離日本不遠的台灣作為她的第一站。

至於為什麼選擇嘉義……

「嗯，我坐火車到嘉義的時候，覺得這裡的人看起來都好親切、好善良！而且風景又漂亮！我就忍不住下車了！」

每當亞美帶著露出虎牙的笑容這麼回答，親切又善良的嘉義人們往往就會龍心大悅，然後掏出小費來。

當然，如果只給亞美小費而沒有給旁邊的翻譯小弟，那就不夠善良了。這種事，咱們嘉義人是絕對不會允許發生的。

本來嘛，要討厭美女就已經是一件很辛苦的事情了，現在跟這個美女編在同一組之後，每天過著下班後數錢數到手痠的生活，這是要教我怎麼繼續討厭她呢？

不久前發誓再也不跟她說話這件事，早就拋到九霄雲外去了。

「吉米醬！」

「不要叫我吉米醬啦！」

「為什麼？你比我小啊，又很可愛嘛！」

我還吉米花生醬咧！真是夠了，因為亞美的關係，現在其他同事也都開始這樣叫我。

「吉米醬！」

「幹嘛啦？」

好有趣呀，台灣這種給小費的文化。」

「咦？在日本，客人不給小費嗎？」

「嗯，只有很少數的情況下吧，而且在日本的話呀，我們叫作感謝金，是裝在錢袋裡給的，像這樣直接把鈔票打賞給別人，其實是不太禮貌的……」

「這樣啊？那，非常對不起，我代替台灣人向妳道歉！以後那些不禮貌的鈔票，都由小弟我幫妳收下吧？」

「呵呵，那倒不用，旅行嘛，要入境隨俗才行呀！」

嘖嘖，不要入境隨俗也沒關係的啦！

雖然工作分在同一組，但其實也只能藉由工作間的零碎交談，以及客人問亞美的問題中，大致知道一些亞美的事。

真正開始和亞美有比較深入的聊天，是在某個深夜。

我們這家KTV是24小時營業的，而工作人員呢，也大致分成早班、中班、大夜班這三個時段。早班是早上九點到傍晚五點，中班是傍晚五點到午夜十二點，而大夜班則是午夜十二點到早上九點。

我跟亞美都是中班的服務生。這個時段雖然工時最短，只有七個小時，但由於客人幾乎都在這個時間來唱歌，所以反而最忙碌。當然，客人多，小費也就多，所以我才會選這個時段。

然而身為一個需要利用暑假短短兩、三個月時間賺取大學生活費的有為青年，賺錢的機會永遠不嫌多，因此早班或大夜班的同事需要找人代班時，我也往往會是第一個舉手的人。

那天我兼了大夜班。

由於不是假日，過了午夜十二點後基本上沒什麼客人，我樂得躲進沒人的包廂裡，抱著吉他自得其樂一番。

雖然無法在別人面前唱歌，但彈吉他一直是我這個天才的嗜好之一。配合幾個簡單的和弦，哼哼唱唱就能變成一首歌，我對此一直樂此不疲。

正享受靜謐的個人時光，突然有人敲門。

哇咧，這種時間怎麼會有人敲門！

打開門一看更是驚訝，居然是亞美。

她穿著一身運動服，手裡拿著牙刷和毛巾。

「吉米醬唱歌其實很好聽啊！」

「妳幹嘛偷聽！咦？不對，妳、妳不是下班了嗎？怎麼會在這裡？」

「哈哈，你不知道嗎？經理讓我晚上借住在她的辦公室呀！」

什麼？居然連住宿費都省下來了！真是狠角色！

「先別提這個了，吉米醬的歌聲真的很不錯呀，為什麼不敢在大家面前唱出來呢？」

「哼……就算是天才也會有一些害怕的事吧……」

「這樣呀，但是，不能唱給別人聽，自己一個人唱，不會覺得有點寂寞嗎？」

「幹嘛給別人聽，我就愛一個人唱！當我哼出全新的旋律時，那種滿足感超級無敵棒的……」

亞美瞪大眼睛看著我。

「咦？你是說，你剛才唱的那些，是你自己創作的嗎？」

「對呀，嘖……不過以後不准再偷聽了！」

「好棒！吉米醬原來是個才子呢！」

「呃……這沒什麼，畢竟我是天才，什麼都會。」

「那，吉米醬未來想要成為作曲家嗎？」

「什麼？作曲家？哈哈哈哈……」

我以為亞美在開玩笑，沒想到她表情一臉認真。

「雖然只聽到一點點，但我有種直覺，吉米醬有成為作曲家的天分。」

「唔……作曲只是娛樂，不能當飯吃啦。我覺得人呢，還是要有份正經的工作才行。」

「唉……」亞美嘆了口氣：「聽起來就像大多數日本人的人生觀呢。」

「亞美的人生觀不一樣嗎?」

「嗯,完全不一樣。」

「那是怎麼樣的人生觀呢?」

亞美搖頭:「我跟很多人談論過這個話題,但最後總會爭執不下而鬧得不歡而散,我還是別說了。」

「不要把我這個天才跟那些凡夫俗子相提並論啦!」

「真是受不了你⋯⋯」

亞美拗不過我。於是那天,我們坐在花園的椅子上聊了徹夜。

「該從哪裡說起呢?嗯⋯⋯原本我可能也會跟大家一樣,過著平凡的人生吧,但是,在我小學的時候,發生了一件事⋯⋯」

亞美出生在日本東北秋田,那是一個冬天會被白雪鋪滿大地的臨海城市。

有一天,穿著小學生制服、揹著書包正要回家的亞美,在車站遇到了一個高高瘦瘦、金髮碧眼的西方人。這個外國美女身上揹著一個厚重的大背包,正專心看著車站外布告欄上貼著的一張海報。

那是一張青春18車票的海報。

由於這輩子從沒見過外國人，亞美忍不住多看了她幾眼。

「小妹妹，請問一下，這張海報上寫了什麼呢？」

沒想到外國人突然開口，用非常不標準的日語跟亞美說話。

「呃……我看看……這裡寫的是：在我不認識的小鎮裡，有我不認識的人……」

亞美照著海報上的文字唸了，也不確定對方究竟是否聽懂。

外國人笑著揮揮手，就搭上電車離開了。而她指著大背包、開朗帥氣的模樣，從此深深烙印在亞美小小的心靈中。

「看著她搭上那班電車消失在地平線，我心想，啊，她一定是要去一個很遙遠的地方吧？像那個樣子，把所有家當都裝進一個背包裡面，一個人浪跡天涯，是多麼浪漫的生活方式！」亞美說到這裡，眼裡放著光：「從那以後呢，每天搭電車上下學的時候，我都會幻想著，如果自己有一天不須要下車，就這麼搭著電車一路往南、往南再往南的話，究竟會去到什麼樣的地方、遇到什麼樣的人呢?」

亞美說著，指了指我，笑道：「現在我知道了，原來我會遇見吉米醬呀！哈哈，當然還有很多、很多其他有趣的人啦！」

「妳是什麼時候開始旅行的呢?」我問。

亞美說，她是在高中畢業那年，買了一張青春18車票，在日本開始人生的第一次獨自旅行。

「青春18，真的是一張非常棒的車票喔！」亞美說：「它給了我自由，完全不須要規劃路線，純粹跟著沿路的感受和直覺前進……也因此我才發現，在旅途中突然出現的驚喜才是最棒的喔！要是都照著固定路線走，那就不會遇到這些驚喜了……」

聊到此時，天已微亮。

「我認為人生也是如此，雖然擁有規劃過的固定軌跡也不錯，但是如果在路上看見了、感受到了其他令自己更加感動、更加熱愛的風景，那又何妨改變一下路線呢?」

「嗯……」

「話說，吉米醬你怎麼都不說話呢？」

「呃……剛才的對話太難了，我的日文跟不上啦！」

「太過分了，我可是說得很認真呢！」

「放心，雖然不知道怎麼表達我的想法，但我都聽懂了喔！」

「真的嗎？」

「真的！」

「那就好，你是第一個聽完之後沒有對我說教的人呢！話說回來，我也覺得剛才自己說得太好了啊！就把它命名為『亞美的青春18人生哲學』吧！」

那天，亞美還送給我一個禮物。那是一張青春18的海報。

「這可是我向車站站長求了好久，他才送給我的喔！」

總之，這就是我和亞美第一次真正的聊天。

那個時候的我還不知道，所謂的「亞美的青春18人生哲學」，後來竟然會對我造成如此大的影響……

小惠打著呵欠，推開客房的門走出來，就看見安琪還坐在客廳看吉米的日記。

「大小姐，妳竟然還在看喔？」

安琪一抬頭，小惠看見她眉頭緊皺。

「怎麼了？」

「唉，看得有點痛苦……」

「為什麼？字太醜嗎？還是文筆太爛？」

「都不是……我看完再跟妳說吧……」

「嘿，皮衣男的事情我不知道也沒關係啦……」小惠看了看時鐘：「話說，待會兒的通告……需要我打電話去改時間嗎？」

安琪合上筆記本：「不用了，走吧，老娘須要轉換一下心情。」

□

東京都北方的茨城縣境內，一輛只有兩節車廂的水郡線慢速列車，正沿著鐵軌緩緩向北。

中午時分，車廂裡乘客不多，幾乎都是當地的老人和學生。吉米是唯一的例外。

此刻的吉米正盯著手上的「青春18」海報發呆。

這張海報夾在日記本裡已經十幾年了。當他臨時決定到日本來的時候，不知道為什麼，就隨手把它也塞進了隨身腰包。

海報上是兩位穿著浴衣、面貌清秀的女孩坐在窗沿上的黑白照片。一旁用紅色的日文字寫著：「最好不要有固定的軌跡。」

嘿，聽起來很酷的旅行方式，可是亞美當年完全沒有提過，日本的鐵路系統竟然這麼複雜！

吉米的青春18之旅，一開始就很悲慘地困在東京市區好幾個小時。

在機場搭上的第一班列車一路行駛到上野車站。從那裡開始，吉米接連換了幾次車，然後每次都在車站裡迷路。

尤其是新宿站，那簡直比角色扮演遊戲裡的魔王級迷宮還要複雜。

加上又正好是上班的尖峰時刻，吉米揹著厚重的大背包，在擠滿密密麻麻人群的新宿迷宮車站裡繞了半小時，差點崩潰。

我的媽呀，我還以為台北的捷運站已經很恐怖了，但跟這裡一比，簡直是幼稚園等級。

好不容易換了幾班車，居然又繞回上野車站，吉米只差沒昏倒。

怎麼會明明就是不想要有固定軌跡的青春18旅行，卻被困在重複路線裡呢？

真是出師不利啊！

「請問，要搭哪一班車，才能逃出這裡？」

被快發瘋的吉米抓住的站務員聽到這個問題，一頭霧水。

「呃……請問哪一班列車可以離開東京市區？如果是往北邊開的就更好了。」

在站務員的指示下，吉米搭上了一班常磐線列車。

不久後，看到窗外建築物越來越稀疏，車上的人也越來越少，吉米才鬆了一口氣。

電車的終點，是一個叫作「水戶」的地方。

剛才的列車上沒有廁所，憋了很久的吉米趕緊衝到廁所解放「水之門戶」後，才悠哉地逛了一下這個結合了大型購物商場的水戶車站，買了燒鳥便當和咖啡，準備帶上下一班列車當午餐。

在水戶車站，眼前可選的路線又出現了分岔，不過這次沒那麼複雜了。

常磐線列車可以繼續往北坐，不過若是想換個心情的話，另一個月台上停著的這輛外形古樸、只有兩節車廂的水郡線迷你列車，似乎更吸引人。更重要的是，這班車車廂裡內建廁所！根據站務員說明，這班車一路往北開向郡山，所花時間約四小時。

這班車上，可以感覺到人明顯變少了，車速變慢了，窗外的風景是森林、農田和日式民房交雜而成的鄉村景象。

車廂裡，吉米收起海報，繼續望著窗外的景色發呆。真的會讓人忘記所有煩惱呢，不論是早上的兵荒馬亂，或者是此刻的寧靜祥和。直到現在，才慢慢有了人在異國的真實感。

這裡，是陌生的日本。坐在列車上，完全不知道下一個停靠站是什麼樣的地方、有些什麼樣的風景和人。甚至也不知道，當現在搭的這班車到達終點之後，該如何換車，才能繼續往北走。

嘿，這不就跟老子目前的人生處境一樣嗎？曾經以為我很清楚自己的夢想，以及人生的方向，然而現在我根本不知道自己的下一站在哪裡。

嘖！不想這個了！反正我這個天才一定會有辦法的。

列車一站一站停靠，乘客三三兩兩上車、下車，看來是一些當地人，乘坐的距離都不長。車裡人少的時候就看風景，人多一些的時候，還可以看看各式各樣不同的日本人。不過更多時候，腦子裡純粹轉著此去彼來各種莫名出現的念頭。

「嗶～～～」車門打開，又到了一個車站。

一群女學生嘰嘰喳喳地聊著天走進來。當這群女學生一字排開坐在對面的長椅上時，吉米原本已經遊盪到九天之外的思緒瞬間被拉了回來。

呃……這裙子會不會太短了一點……外面的溫度起碼低於攝氏十度吧，日本的女學生都不怕冷的嗎……

更要命的是，正對面那個長相清秀、裙子最短的女孩，一坐下就交叉起雙腿而坐，和旁邊的同伴聊得很開心。

啊啊啊！

真是太過分了！妳為什麼要這樣妨礙我看風景呢？

吉米發現雖然自己努力想讓視線集中在車窗外的風景上，但眼球老是會不受控制地轉了方向，去偷瞄另一種預期之外的「青春18」的風景。

可惡，難道這就是所謂的生物本能嗎？

這是要教我怎麼專心旅行……

□

「對不起，我們客滿了……」

飯店櫃台的服務人員九十度鞠躬，向吉米道歉。

這天傍晚，吉米到達水郡車站後，又隨興換搭了另一班車。夜幕低垂時，在一個叫作會津若松的終點站下了車。

走出車站，冷冷的冰雨打在臉上。哇靠！這麼冷！

實在太冷了！當務之急是趕快找過夜的地方。

然而吉米把車站附近每一家看得見招牌的飯店旅館都問了個遍，居然全都客滿了！

怎、怎麼會這樣？

亞美所描繪的青春18鐵路之旅，可沒有提到這種驚險場面啊！

站在飯店外的門簷下，看著天空飄落的細雨，吉米感到很不妙。

會津若松這個地方應該是座山裡的城市，海拔比較高，也就更加地冷。剛才找飯店時就看到路邊堆滿了一坨一坨的積雪。

雪！傳說中的雪！老子這輩子還沒看過呢！

然而實際去摸了摸、踩了踩，這……這不是剉冰嗎？而且還是沾了泥土，髒得要命的剉冰……

總之，只要看這些對冰雪堆得這麼高，就知道這個地方的溫度肯定在零度左右，甚至更低，要不然早就融掉了。

這麼冷，天還下著雨，從未離開過台灣的吉米第一次經歷這種透到骨子裡的寒冷。雖然身上穿著與安田君換來的旅行用防寒衣，但露在衣服外的手指、臉頰和耳朵，早已凍僵了。

天啊，怎麼辦？老子會不會嗝屁啊……

如果我嗝屁了，有人會為我哭嗎？嗯，阿嬤肯定會哭到不行，也許還有安琪……

胡思亂想之際，突然肩膀被拍了兩下。是飯店裡的櫃台服務人員。

「那個……雖然遠了點，但你可以到這家飯店去看看，我剛才打電話問過了，他們還有房間。」

看著她遞過來上面寫著地址的紙條，還親切地詳細指示方向，吉米覺得眼前這位阿姨看起來簡直像是媽祖一樣。

「太感謝妳了！」

沒多久後，吉米終於有驚無險地入住了飯店。

在飯店附近的拉麵店吃了一碗人生中吃過最好吃的拉麵之後，吉米感到全身虛脫，連洗澡也沒了力氣，就在床上沉沉睡去。

□

工作結束後，安琪命令呵欠連連的小惠回家好好休息，然後獨自回到公寓。洗了個澡，恢復成「居家模式」後，安琪覺得渾身輕鬆。

從昨晚到現在，只在保母車上斷斷續續睡了幾個小時，然而此時的安琪雖然疲累，卻仍是一點睡意也沒有。

「臭吉米！又不接電話！」

吉米的手機仍是撥不通，安琪把手機往沙發上一摔，「叩」的一聲，手機正好砸在吉米的日記本上。

安琪拿起日記本，有點猶豫要不要往下讀。她心中有個直覺，總覺得，看完可能會很不爽……

幾次拿起又放下，安琪終於還是忍不住好奇心，點亮了燈，繼續讀起吉米的日記。

吉米的日記

除了客人之外，我們這家KTV的同事們也對亞美充滿好奇，一天到晚有人纏著要我幫忙翻譯，好讓他們可以跟亞美聊天。

現在想想我真是太仁慈了，如果當時以分鐘計價收取翻譯費，說不定又可以多賺到一個月的大學生活費。

大部分同事只是出於對亞美的好奇，畢竟大家的生活圈子裡很少有機會遇到外國人。不過這其中，也有少部分男同事存在著其他妄想，而小強和肉包這兩個就是其中的代表人物。

為了想要得到亞美的注意，這兩個活寶不曉得幹過多少蠢事……其中最具代表性的，應該就是肉包的「九十度鞠躬事件」了吧。

「神戶小木屋KTV」的老闆是個有錢人，在嘉義開了不少店。而這位大老闆大約每隔幾個星期就會帶著家人或朋友一同來店裡唱歌，順便視察一番。據說每次老闆要來，經理都如臨大敵。

工作了一陣子後，終於我也即將第一次見識到皇上出巡的場面了。

這天，才剛打完卡，經理就把所有人聚集在大廳。

「根據可靠的線人情報指出，今天晚上老闆會帶家人來店裡唱歌，」經理宣布：「所以，為了迎接老闆，我想請亞美教大家怎麼做日本式鞠躬。」

這拍馬屁的功力……我只能說佩服佩服。

「那我開始示範，大家要看清楚喔！」亞美早已得知這項任務，當下笑吟吟地開始示範日式鞠躬，而我照例在一旁翻譯。

「一般最常見的鞠躬大致上可以分為十五度、三十度跟四十五度這幾種，動作的要領是上半身要打直，不可以彎腰駝背，眼睛要看著前方的地面。男生的手可以貼在大腿兩側，女生則通常像我這樣子放在身前……」

亞美一邊說，一邊示範。經理則在一旁督促大家練習。

「不同的鞠躬方式應用在不同的場合，簡單來說，鞠躬角度越大，就代表越大的敬意。如果是迎接客人的時候嘛，通常就會用三十度或四十五度的鞠躬，一邊鞠躬，一邊說『歡迎光臨』就可以了……」

「請問，那有沒有九十度的鞠躬呢？」阿哲突然舉手發問。

「有是有……」亞美笑答：「不過那通常是在很正式的場合，或者想要表達極大的敬意或歉意，例如見到天皇的時候吧……」

「角度越大就越厲害的意思啊……」肉包的喃喃自語傳入我耳中。

咦……我明明不是這麼翻譯的啊。

大家都很努力練習，一時之間，大廳裡此起彼落的「歡迎光臨」配合著大家的日式鞠躬禮，煞是好看。

「吉米醬，再彎下去一點喔！」

嘖……為什麼我這個天才也要做這種事……

很快地到了驗收時刻，在門口把風的經理一見到老闆的賓士抵達，馬上透過對講機宣布全體動員。

幾乎三十秒之內，大家就已整齊地在門口排成兩排，準備迎接老闆進門。

「叮咚！」自動門打開，老闆帶著一家人走了進來。

「歡迎光臨！」在經理的暗號下，大家整齊劃一地做了日式鞠躬。

「唰——」幾乎同時間，一陣響亮的布帛撕裂聲從肉包所站方位傳出。

原來，明明所有人都是四十五度鞠躬，但肉包為了力求表現，偏偏要九十度鞠躬。要知道，肉包這個綽號可不是浪得虛名，他全身上下的肉本來就已緊緊地繃在太過合身的西裝衣褲裡面了，九十度鞠躬這種極限動作，他身上那件脆弱的西裝褲怎麼還撐得住……

肉包一聲慘叫，掩著屁股跑走了。

一片尷尬的沉默中，只聽到不知道是老闆的兒子還是孫子哈哈大笑：「哇！紅色的耶！」

其中臉色最難看的大概是經理吧。

不過老闆不愧是見過大場面的人，完全不動聲色，輕輕拍了經理的肩膀。

「做得不錯喔！最近的業績我很滿意！而且越來越有日式服務業的味道了！」

經理總算是鬆了口氣。

老闆經過亞美身邊時停了下來。出乎意料地，他一開口居然是很標準的日語，比我還要標準。

「妳就是亞美嗎？」

「是，社長好！」

「呵呵……我從以前就一直想，我們這間店叫作『神戶』，要是沒有個日本服務生，總覺得不夠到位。歡迎妳來，有妳真是太好了！」

「謝謝社長，我會努力。」

嘖嘖，你當然好了，有亞美這個招財貓在這裡，我看你最近一定是數錢數得笑呵呵……

「至於你，你就是那個會說日語的小弟？」

腦子裡正嘀咕時，老闆突然轉向我，嚇了我好大一跳。

「啊……是！」

「你的日語是在哪裡學的？」

老闆對我講的仍然是日語。

「啊……我……小時候跟曾祖母學的……」

「你曾祖母？她是在日治時代學的嗎？……」

「是的……」

「嗯，在嘉義這邊，願意學日語的年輕人不常遇見呢。」

「因為我是曾祖母帶大的。而且她後來生病，記憶出問題，不知道為什麼都只說日語了。」

「原來如此，她的身體還好吧？」

「她在兩年前過世了……」

「這樣啊，那麼，請節哀。好好努力吧！」

老闆又向大家勉勵幾句，就由經理親自帶著進包廂去了。

嘖嘖，說了這麼多，怎麼就不給我加個薪呢？

總之，皇上出巡的警報總算解除，沒有任何人受到傷害，除了肉包之外。

※

「九十度鞠躬事件」的隔天，發生了一件事。

如果要問我，在這段短暫的打工生涯中，發生過最重要事情是什麼？那麼我想，除了亞美的出現之外，就是這件事了吧。

那天一上班，經理就召集大家在大廳集合。

「跟大家宣布一個好消息，由於最近本店業績非常好，老闆決定……」

我立刻舉手：「幫大家加薪嗎？加多少？」

「呵呵呵，不是喔……」經理笑吟吟地說：「老闆決定趁著這波熱度，要在店裡舉辦一個籌劃已久的活動……」

嘖，這算哪門子好消息？不加薪就算了，要在店裡辦活動的話，不就表示我們的工作量又要增加了嗎？

「哇太棒了，是什麼活動呢？」小強和肉包興奮地舉手發問。

你們真是太天真了啊！一點都不知道世間人心險惡……

「目前這個活動暫時定名為『神戶盃歌唱大賽』，」經理宣布：「而且，員工也可以參加喔！」

歌唱大賽？嘖，那就沒有我這個天才的事了……

大廳裡歡聲雷動，所有人興奮莫名，彷彿他們已經贏得了比賽冠軍一樣。

「請問，請問，」亞美也舉手發問了：「參賽歌曲可以唱日文歌嗎？」

「呵呵呵，只要是我們店裡點得到的日文歌都可以唷。」

亞美看來也想參加比賽啊……不過她確實是這群人中最有可能得到名次的了。

「老闆的祕書正擬訂詳細的比賽辦法，不過目前可以確定的是，會分成歌唱組和創作組兩個組別，還會邀請專業級評審喔！聽說知名音樂創作人李國興已經答應擔任評審了呢！」

什麼？我有沒有聽錯？李國興？

我這個天才的偶像很少，稱得上我偶像的，除了麥可．喬丹之外，大概就是這位人稱台灣音樂教父的李國興。我們老闆居然請得到他來當評審！到底是砸了多少錢啊……

而且，創作組的話，聽起來不就是在我這個天才的管轄範圍了嗎？

不過……

「那個，請問，」我舉起手：「創作組的比賽，負責創作的人一定要自己上台唱歌嗎？」

「據我所知是這樣沒錯，怎麼了嗎？」

喔，這樣啊，那就真的沒有我的事了。

至少那個時候，我是這麼以為的。

※

在「神戶小木屋KTV」的打工生活雖然吵吵鬧鬧，但還稱得上風平浪靜，亞美也適應得很好。

偶爾有客人或者同事說出一些在台灣很平常，但是對日本人來說很失禮的話，但亞美事後跟我說起，也總是一笑帶過。

「入境隨俗嘛！台灣人比較……熱情又直接呢。」

她的脾氣非常好，我幾乎從沒看過她生氣。如果要說有哪個傢伙曾經惹她不開心嘛……那也只有我這個笨蛋而已。

事情的起因是我新買的這輛摩托車。

打工滿一個月終於等到發薪日，再加上這段時間收入頗豐的小費，我立刻買下了心中早就夢寐以求的交通工具。

當我騎著它去上班時，同事們立刻就注意到了。

「哇，新車喔！」

「閃亮亮的捏！」

「不便宜吼？大手筆呢！」

呵呵呵，的確是不便宜，基本上花光了一整個月的薪水跟小費……不過這畢竟是必備的交通工具嘛，我這個天才的座騎也不能太寒酸才行。

亞美也加入圍觀的行列。

「喔？沒想到吉米醬很捨得花錢呢！」

「呵呵，我才捨不得……不過反正到時候去唸大學也一定要有交通工具，就先買了。」

「咦？放榜了嗎？吉米醬確定錄取了嗎？」

「啊……糟了……」

我的確剛接到榜單，確定錄取。原本沒打算說的，結果一不小心說溜了嘴。

「喂！你聽到了嗎？錄取了耶！」

「太好了！請客啦！請客啦！」

不想說的原因也很單純，被知道的話，還得請所有人喝奶茶。這是什麼狗屁道理！不是應該大家請客慶祝我考上才對嗎？

而且這票人就只關心免費的奶茶，根本沒人在乎我考上哪裡嘛！

只有亞美例外。

「吉米醬，恭喜！」

「這沒什麼啦……」

「吉米醬考上哪裡？要唸什麼科系呢？」

「喔，是台北的學校，我考上的是電機系喔！」

「電機……？原來吉米喜歡這個呀？」

「才不咧，我怎麼可能會喜歡這種硬邦邦的東西。」

亞美面帶疑惑地看著我。

「咦？不喜歡的話，為什麼要選它呢？」

「因為電機系畢業比較好找工作呀，薪水也高……畢竟我和亞美不一樣。亞美家裡一定很有錢，從小就無憂無慮，所以才可以一畢業就出來環遊世界吧？真羨慕呢，我也希望永遠都不須要為錢煩惱呀哈哈哈……」

我自顧自地打哈哈，完全沒注意到亞美臉上的笑容已經消失。

「你是笨蛋嗎？」

亞美說完，頭也不回地走了。

「啊咧？」

接下來的一整個晚上她一直不跟我說話。

怎麼了……發生什麼事？

我這個天才擅長的事情很多，不擅長的事情很少。但偏偏對於怎麼跟一個正在生氣的人道歉這件事，就剛剛好很不擅長。

更何況我根本不知道她在生什麼氣呀！

不過這個狀況倒也幸好沒有持續太久。

「吉米醬，你知道自己說錯話了嗎？」

「呃……好像是吧……」

「真是的，我有一點點生氣呢！不過感覺吉米醬應該是無心的……」

「呼，妳知道就好……」

其實我到這個時候還是搞不清楚到底說錯了什麼。

「只要吉米醬答應我一件事的話，那我就原諒你喔！」

「呃……什麼事？」

隔天，我們兩人都休假。

我們店裡是排休制，而跟亞美分在同一組的我，理所當然地連排休也必須配合她的時間。

為了獲得亞美的原諒，在這難得的休假日裡，我必須充當一整天免費的司機，騎著剛買的新車，載著她大街小巷到處亂跑。

嘖嘖，本來打算一整天窩在家裡看卡通的。

「吉米醬，你要租什麼錄影帶呀？」

錄影帶出租店裡，亞美感到很新奇地到處東看西看。

「喔！《灌籃高手》啊！」亞美看到我拿了一整套卡通錄影帶，興奮莫名：「我也喜歡呢！你什麼時候要看……」

吵死人了呀，就不能讓我好好挑片子嗎？

「咦，吉米醬，那後面還有一個小房間耶……」

「不行不行！千萬不要進去……」

趕緊把亞美拖出錄影帶出租店。

真是的，怎麼會這麼無知呢？日本的錄影帶出租店難道沒有這種「禁地」嗎？

走出錄影帶出租店後，亞美又提出新的要求。

「哪，難得出來玩，我們不要只是在嘉義市閒逛嘛！」

「……那，妳想去哪裡？」

「我想去吉米醬長大的地方看看！」

「呃，我長大的地方？那是鄉下，什麼都沒有耶！」

離開了嘉義市，我們騎在鄉間小路上。

起初是免費的翻譯，現在又是免費的司機兼導遊，我總覺得我這個天才是不是上當了……

「吉米醬，你在咕噥什麼呀？」

「沒有啊。」

「你的臉怎麼這麼臭？難得出來玩，應該要開心一點呀！你看，風景多麼美麗！」

「哪有什麼好看的，這個我從小看到大了……」

「哈，但是你以前看到的風景裡面沒有我呀！」

這麼說好像也有幾分道理……

「我們現在要去哪裡？」

「嘿嘿嘿……等一下妳就知道了！」

我從小出生長大的這個叫作民雄的地方，在我看來實在是沒有什麼特別的，就只是普通的鄉下地方罷了。不過，若要說起我們這裡最著名的觀光景點嘛，那倒是還挺有名氣的。

「欸……吉米醬，這個地方好可怕啊！」

民雄鬼屋。傳說中，乃是聚集了全台灣所有最凶惡怨靈的一棟古宅。光是站在遠處，看著這座與榕樹合為一體、被枝藤貫穿得支離破碎的巨大古宅，就能讓人心生敬畏。

哼哼，誰教妳要讓本天才當免費的導遊。老子也是第一次來，究竟妳會被嚇到什麼程度連我也不知道。嘿嘿，到時候可不要怪我不懂憐香惜玉……

一走進鬼屋中，彷彿進入了另外一個時空。

明明是大白天，一股摻雜著詭異和神祕的巨大低氣壓，讓人忍不住打了個冷顫，整個從裡到外發起毛來。

哇咧……現在不是夏天嗎？

「哈哈，真的有點可怕耶，這個地方真不得了。」

等等……「有點」可怕？妳可以表現得再害怕一點嗎？未免也太不上道了……

這種巨大的壓迫感是怎麼回事？不、不可能的，我這個天才怎麼可能會害怕……

「呀！！！」

亞美突然在我身後大叫一聲，樹上幾隻飛鳥被驚動飛起。

「咦？吉米醬居然沒有被嚇到，好勇敢喔！」

……妳、妳知道人類驚嚇過度的時候是無法做出任何反應的嗎？

「房子看過了，你說的那個有很多人跳下去自殺的井，在哪裡呀？」

「呃……這個，聽、聽說正在維修，現在不能看。」

「真的嗎？好可惜喔……」

總算走到外面，重見天日。我連忙載著亞美離開這個鬼地方。

「哈，真有趣！話說日本也有很多很可怕的鬼屋喔，等你來日本，我可以帶你去……」

這個就真的可以不用了……

※

離開鬼屋後，又去了布袋港看海、北港媽祖廟拜拜。

嘉義的夏天非常炎熱，太陽曬得人皮膚刺痛。騎在機車上，帶點潮濕氣味的熱風撲面而來，簡直要把人烤焦了。

我倒是無所謂，但來自遙遠北國的亞美就有點受不了。

也因此一路上，我們總共停下來吃了三次剉冰。

最後，在亞美的堅持下，我們還去給曾祖母掃了墓。

「都是因為曾祖母的關係，所以我現在才能有一個免費的翻譯兼司機，謝謝您……」

這傢伙雙手合十在墓前說著，完全不顧我這個免費勞工的感受，真是好樣的！

「……而且，您把吉米醬教得很好唷，他雖然嘴巴很壞，但是人很好，很體貼呢！」

嘖嘖，妳都這麼說了，那我還怎麼好意思收錢呢……

總之，那天，我們回到嘉義市區時，已經夜幕低垂。在文化路吃完雞肉飯，我們一邊散步一邊閒聊。

「吉米醬，謝謝你。」

「謝什麼嘛。」

「就……真的很快樂呀！其實呢，這段日子我一直過得很不開心，但是，吉米醬讓我打起精神來了喔！」

「妳不開心？一點都看不出來呀……」

「呵呵，我們日本人呀，跟台灣人不一樣，我們可是很擅長隱藏情緒的呢！」

「……但是，妳不是已經實現了夢想，正在旅行嗎？那還有什麼好不開心的呢？」

亞美微微一笑：「有件事我一直沒有告訴任何人。其實，在來到嘉義之前，我差點就要放棄環遊世界、回日本去了呢！那個時候，對於旅行的美好想像，以及對人的信任，幾乎都要破滅了……」

亞美接著對我說出了這個令她幾乎崩潰的事件經過。

事情發生在台北，當時的亞美才剛踏上環遊世界的旅程，而台北就是她的第一站，亞美心中的興奮可想而知。她除了滿懷新奇地探索這座未知的城市，也迫不及待地想要在旅途中認識形形色色的人。

在參觀龍山寺的時候認識了一位會說日語的當地人周大姐，兩人一拍即合。周大姐帶她幾乎把北台灣走了個遍，甚至還讓亞美跟她一起住在租來的套房裡，以節省旅遊開支。

兩人非常談得來，經常徹夜聊天。

就這樣過了兩個星期，有一天，亞美因為前一晚跟周大姐聊到天亮，所以睡到下午才醒來。

醒來時覺得有點不對勁，無論怎樣都找不到周大姐，電話也打不通。

更糟的是，她裝在貼身腰袋、兌換成旅行支票的所有旅費，全部不翼而飛了！

當下她雖然馬上向銀行掛失，但才短短一天的時間，居然大部分的旅行支票都已經被領走變現了。

明明是須要核對簽名才可以兌現的旅行支票，當初亞美也是為了這層安全性才選擇使用它，真不明白為什麼會這麼輕易地被破解。亞美仔細回想起來，前一次去銀行兌現旅行支票的時候，是周大姐陪同著去當翻譯的，當時兌換的過程、包括簽名，都被她看得一清二楚……

亞美連哭的時間都沒有，周大姐用假名租的套房租約也在當天到期，房東來趕人，亞美只好被迫離開。

雖然報了警，但亞美這時才發現她對周大姐一無所知，甚至連照片也沒有。看起來，想要找回被騙的錢，希望非常渺茫。

努力了幾天，亞美不得不放棄，同時這個事件也令她對於台北這個地方感到極度害怕和失望，於是買了一張火車票，來到嘉義。

「要知道，那些旅費，可是我大學四年期間，一邊唸書一邊同時兼兩份打工，才好不容易存起來的呢！」亞美說道：「我中學的時候，爸媽就離婚了，我跟著媽媽住，家境也不是很好。所以我早就發誓，上了大學之後，就絕對不再向家裡拿一毛錢了。」

什麼嘛！原來亞美的家世，根本就和我很像啊……

「所以呀，當你昨天說，我是個從來不曾為錢煩惱的大小姐的時候，你可以想像我有多麼難過嗎？」

「呃，真、真的很對不起……」

「哈哈，不是吉米醬的錯，畢竟你什麼都不知道嘛。不過如果你真的覺得很抱歉的話，那……」

走著走著，我們已經離開了文化路，來到火車站附近的一家電影院前面。

「……那就請我看一場電影吧！這樣我就會完全原諒你喔！」

果然是狠角色啊！這樣不著痕跡地就想要多拗一場電影！

「這裡的電影都是中文字幕，妳又不懂中文，怎麼看？」

「對喔，我怎麼沒想到……」

亞美說到這裡突然停住腳步。我們同時盯著貼在牆壁上一張大大的電影海報。

純白背景的電影海報，海報中央是個穿著黑衣服的短髮女孩，正抬頭望著天空。

電影的名字叫《情書》，是一部日本電影。

第二天

「哇哇哇！」

日本之旅第二天，睡了一夜好覺的吉米一早起來，讓青春18車票蓋上第二格章，繼續他的旅程。

搭的第一班電車才開出車站不久，吉米就被車窗外的景色震懾住了。

眼前是一整片雪白。

這班磐越西線的電車沿著豬苗代湖畔行駛，在這初春的北方高原上，此時冰雪未融。所有眼前的景物，不論是房子、樹木，甚或結了冰的湖面，全被白雪覆蓋著。這是來自南方島國的吉米此生第一次見到的景象。

電車像是一葉孤舟，載著他，在這片雪白色的大海上緩緩前行。

寒冷、孤獨、唯美、靜謐。總之，太美了啊，找不到別的形容詞了啊！

這個時間的電車裡人不多，除了吉米之外，只有一位約莫五、六十歲，面目慈祥的阿姨。她就坐在吉米的正對面不遠處，然而大概是因為完全被眼前的景象吸引了，吉米對著窗外景色讚歎了許久之後，才突然注意到這位阿姨的存在。

意識到自己的肢體動作可能太過誇張，吉米連忙致歉：「不好意思，我太忘我了。」

「沒關係的，雪景很美吧？」

「是的！太美了！」

「莫非你是第一次看到雪？」

「沒錯，您知道《情書》這部電影嗎？」

「知道呀，是部很浪漫的電影呢。」

「自從當年看過那部電影之後，搭乘雪中行駛的電車這件事，一直就是我的夢想之一，今天終於實現了！」

阿姨含笑道：「這樣啊？不過不只這樣吧？我猜……果然還是因為女人吧？」

這又是什麼完全沒有根據的推理，吉米心想。

日本人的直覺都是這麼準的嗎？

□

台北，安琪在床上醒來。

一邊刷牙，一邊撥了吉米的電話。不意外地，又是無法接通。

「搞什麼啊……」

安琪丟下手機，拿起吉米的日記本。

怎麼辦，要繼續看嗎？可是安琪有不好的預感，總覺得會看到什麼很氣人的東西……

猶豫了好一會兒，她終究還是翻開日記本，繼續讀了下去。

吉米的日記

《情書》絕對是我看過最浪漫、最感人的電影，雖然我也說不上來到底是因為它本身就很浪漫呢？還是因為我是跟亞美一起看的關係？

電影結局雖然也很令人難忘，但讓我最難忘的，卻是電影中平凡無奇的一幕。

那是一輛在鋪滿白雪的大地上行駛的小火車的畫面。

「啊啊，這個地方……這輛電車，我好像搭過呢！在某次的青春18之旅時……」看到這一幕時，亞美忍不住靠過來對我小聲說。

為了不打擾別人，亞美靠得非常近，說得非常小聲。我可以感覺到她的身體靠在我的肩上，我們的臉幾乎貼在一起，她嘴巴呼出的熱氣，好似熏得我的臉也熱呼呼的……

喔，但這絕對不是令我難忘的原因喔！雖然那個時候，我覺得心跳都快停了……

看完《情書》後，亞美說還不想回去，於是我們在嘉義市的街道上漫無目的地散步。

「吉米醬，剛才結局的時候……你有偷哭吼？」

「……妳很煩耶！倒是妳怎麼沒有哭呢？」

「哈哈，沒辦法，雖然我也很感動，但是大概……我的感性細胞不像吉米醬這麼發達吧！」

那還用說！我本來就是那種既感性又纖細型的天才。

「我想也是因為感受能力很強，所以吉米醬才會擁有作曲的才能唷！其實……你很想要參加創作組的比賽吧？」

厲害，這樣也被妳發現……

「想是想，但是妳也知道，我沒有辦法在別人面前唱歌的……」

亞美停下腳步，很認真地看著我。

「就算是在我面前也不行嗎？」

「啊？」

亞美拉著我走進一家樂器行，找到一把展示用的吉他遞給我。

「剛才那部電影的中文主題曲很好聽呢，吉米醬，你會唱嗎？」

「張學友的《情書》嗎？那還用說，這麼簡單的歌，我這個天才只要聽過幾次就會唱了……」

「那你可以唱給我聽嗎？」

「啊？」

不、不可能的！

雖然此時已接近這家店的關門時刻，整個二樓展示場也只有我們兩人，但是光想到要在亞美面前唱歌，我的腦袋就開始空白了……

「吉米醬，試試看嘛。」

「這，不行，我這輩子從來沒有辦法在別人面前唱歌的……」

「真是拿你沒辦法……」

亞美說著解下用來綁住頭髮的絲巾，不顧我的反對，蒙住了我的眼睛。

「現在可以了吧？」

帶有亞美淡淡香味的絲巾包覆著我的臉，觸感非常柔和。

眼前所有景象都消失了，只剩下微弱的光線……

咦，好像……

不緊張了……

深吸一口氣，手指正好碰到手上那把吉他的弦。

不知不覺地，配合著手上彈奏的和弦，我開始唱起張學友的《情書》。

唱到副歌時，突然有人碰觸我的臉。

亞美拿下了我臉上的絲巾，笑吟吟地看著我。

然而，我居然沒有停下彈奏和唱歌。

真是太神奇了啊！

唱完歌，亞美用力拍手。只是沒想到，樓梯口竟然也傳來鼓掌的聲音，原來老闆和店員一直躲在那裡偷聽！

「好聽耶！年輕人，這把吉他跟你太有緣了！今天我就破例打八折賣給你，如何？」

哼哼，這種老套的推銷手法也想讓我這個天才上當？雖然這把吉他彈起來手感真的不錯，但這價格，即使打了八折我也還是買不下手。更何況，剛買了摩托車，我也沒錢買了……

「我要買！」亞美突然說。

錯愕間，亞美搶過我手中的吉他，拿去結帳了。

「禮物唷！」亞美結完帳，將吉他交到我手中。

「呃，這麼貴的禮物？」

「呵呵，跟吉米醬送給我的禮物比起來，這一點心意不算什麼唷……」

亞美向老闆借來簽字筆，然後在吉他背面的木柄和音箱交接處，用日文寫上了大大的「加油」。

「現在吉米醬可以參加比賽了！要用我送你的這把吉他上台喔！」

「呃……妳在說什麼？我還沒說要參加呀！」

「沒關係啦，就參加嘛！我也會參加歌唱組。」

「不要！」

拜託，在一、兩個人面前唱歌，跟在舞台上面對著幾百個觀眾是不一樣的好嗎？

送亞美回去的路上，她還是沒有放棄遊說我參加比賽這件事。

別鬧了！所謂天才就是擁有足夠的自知之明，而我這個天才中的天才怎麼可能愚蠢到一時衝動就去做超出自己能力範圍的事情呢？

絕對不可能的！要是我真的蠢到去報名，那我就是烏龜王八蛋⋯⋯

「吉米醬，快來看，比賽的海報貼出來了呢！」

沒多久，我們回到神戶小木屋KTV門口，只見門口貼了一張超大的活動海報。

「咦？吉米醬你看一下這裡寫的，意思是不是說冠軍獎金有⋯⋯三十萬呀？」

「啊咧⋯⋯咦？真的耶！那我要參加！」

※

難得的休假日結束，又回到每天打工的生活。

「喂，為什麼昨天你明明休假，卻跟亞美在一起啊？」

隔天一上班，小強和肉包死纏著我問東問西。

真的是煩死人了啊！

我可沒空跟他們囉嗦，現在我比以往更加忙碌。除了仍舊要上班，只要一有空閒，就得拿起吉他作曲，畢竟已經正式報名了啊！

而這也是地獄的開始。

我當然沒有真正學過作曲，連吉他也是撿了叔叔不要的破木吉他，胡亂看書自學的。

以往只覺得，搭配幾個簡單的和弦就能哼哼唱唱，變出一首歌曲來，這種純粹的創造讓我非常快樂。

然而，現在可不是玩玩而已了。這是正式的比賽耶！而且到時候坐在評審台上的人，是那個李國興耶！

啊啊啊，這壓力簡直比大學聯考還大啊！

連續熬了幾夜，卻連個屁也作不出來。

真是太奇怪了，我明明是天才……

「吉米醬，你怎麼變成熊貓了？」亞美看著我，一臉擔心地問：「是不是作曲遇到困難了呀？你可別把身體搞壞了！」

「沒事啦！」

「那……作曲順利嗎？」

我注意到肉包在不遠處偷看我和亞美聊天。

「還可以啦，我剛才又即興作好了一首喔。」

「真的嗎？我要聽！」

「嗯，曲名就叫作《紅內褲》好了。」我隨口開唱：「我會丟掉我不小心露出的內褲，還會裝作一切都無所謂……」

嘖……為什麼這種鳥東西我就可以信手拈來呢？可惜不能拿這個去參加比賽……

「滿好聽的耶！」

呃……妳是認真的嗎？不過仔細想想，我是拿伍佰的《浪人情歌》來亂改的，亞美又聽不懂歌詞，可能會以為是一首正經的歌……

這段時間，只要有大夜班同事想找人代班，我就一定會接。反正回家也是熬夜寫歌，大夜班沒什麼客人，我可以賺外快，還可以躲在包廂裡寫歌，何樂而不為呢？

亞美大概是看不下去我腸枯思竭的鳥樣子，把自己珍藏著、要帶在旅途中聽的、她收集的最愛的日文歌曲錄音帶都借給我了。裡面有一些是我聽過的歌，例如恰克與飛鳥，以及一些日劇的主題曲；也有很多是台灣比較少人知道，所以我從未聽過的好歌，例如Mr. Children的歌、「射亂Q」的抒情搖滾，與一些經典日文老歌，如財津和夫的《青春之影》、五輪真弓的《戀人啊》和竹內瑪莉亞的《駅》等等。

這些全都是亞美在過去幾年，一邊聽廣播，一邊用空白錄音帶錄下來的。因為我也同樣有聽廣播等待著心愛歌曲的習慣，所以知道像這樣費心收集的音樂合輯有多珍貴。

除了亞美借給我的錄音帶，我也重複聽了不少自己錄製或買來珍藏的許多中英文經典歌曲。

然而，聽得越多，心裡越慌。

現在仔細回想，我聽的這些，每一首都是經典中的經典。而我這個連茅廬都還沒有出的小屁孩，竟然拿這些經典歌曲作為標準，甚至把自己寫的歌和它們做比較，怎麼可能不信心盡失呢？

就在我開始懷疑人生的時候，有一天，亞美來找我。

那天我照例兼了大夜班，照例扯頭髮、抓下巴，兼在KTV包廂的沙發上滾來滾去地寫不出歌時，亞美敲門進來。

「吉米醬，你還好吧？」

「……可能有點不太好哈哈哈。」

「怎麼說？」

「我覺得自己當初真的是太衝動了，就憑我這個三腳貓用幾個和弦胡亂拼湊的歌，居然也敢拿出來獻寶……」

「別這麼說，你可是天才耶！」

「……喔，也是啦，不過妳幹嘛搶我的台詞。」

「你這樣不行，」亞美一把將我從沙發上拉起來：「你現在就給我去洗把臉，然後去請假。」

「請假？為什麼？」

「我一直想去阿里山看日出，我們現在就走吧！」

「什麼？」

※

「吉米醬，好像有點可怕啊！」

騎摩托車載著亞美在深夜漆黑的山路上奔馳，雖是盛夏，迎面吹來的風卻涼颼颼的。

「但是，好痛快啊！怎麼樣？有沒有暫時忘掉作曲的事情？」

真是謝謝妳喔，我本來忘記了，妳這一提又想起來了。

要去阿里山看日出，就得先騎機車上山，一直騎到阿里山火車站，再搭乘小火車到祝山站。

深夜時分，山路一片漆黑，有種進入異次元世界的孤寂感。

「吉米醬。」

「嗯哼？」

「這裡會不會有鬼出現啊？」

「呃……」

「不知道台灣的鬼長什麼樣子？上次去民雄鬼屋沒有看到真的鬼，有點可惜……」

妳不要再說了……

我們趕在小火車發車前到達火車站，由於沒有事先買票，費了一番唇舌才好不容易進站。

看到月台上滿坑滿谷、萬頭攢動的人潮，再對比剛開進站、小不啦機、只有兩節車廂的小火車，我還在心想：這麼多人，要怎麼坐？

謎底很快揭曉，答案就是：全部塞進去。

我的天，這已經不是沙丁魚罐頭可以形容的擁擠程度了！

等到所有人都擠進車廂、車門關上的那一刻，我感覺自己已經整個人被擠得浮在空中。

而亞美就在我懷中。

超乎想像的擁擠，讓我們毫無保留地緊緊擁抱在一起。她的臉埋在我胸前，所以我看不見她的表情，但我可以聞到她身上的香氣，也可以感受到她的體溫，以及她急速加快的心跳。

我也可以感覺到自己發燙的臉，咚咚咚跳不停的胸口，以及……嗯，算了，考慮到將來說不定會把這本日記出版，有些細節還是不要寫出來好了。

總之，二十幾分鐘的車程裡，我們都沒有說話。

※

「你好嗎？我很好！」

祝山觀日台上，當曙光乍現，太陽逐漸在山頭露臉的那一刻，大家都興奮地大叫。

亞美也扯開了喉嚨對著遠山大喊。她明顯模仿了《情書》電影裡，中山美穗對著雪山大喊的台詞。

從遠方山脈傳來亞美聲音的回音：「我很好、很好、很好……」

太陽由小小的一個點，很快放大、再放大。沒多久，便整個探出了山頭，四周也一下子亮了起來。

「吉米醬，你也喊一下嘛！」

「我就不用了。而且我不知道要喊什麼……」

「那你就喊『亞美醬，我喜歡妳』，如何？」

「呃……妳是笨蛋嗎??」

「有什麼關係！我都要離開了呢！」

「欸？……什麼？」

「嗯……我已經決定了，比賽結束之後，我就要離開台灣，繼續我的旅程了。」亞美面色平靜地說。

雖然知道這一天遲早會來，但沒想過會來得這麼突然。

「經過這段時間的休息，我覺得，又重新得到勇氣了！這全都是吉米醬的功勞喔！」

「我哪有什麼功勞呀……」

「哈哈，很多呀，例如，你總是任勞任怨地幫我做免費的翻譯，而且一句怨言都沒有……」

我的怨言可多了，只是妳沒有聽到而已……

「還有一件事我一直沒有告訴吉米醬。當初我之所以會到這裡打工，全都是因為吉米醬的關係喔！」

「什麼？」

「呵呵，其實啊……」

當時，亞美在台北被騙光了錢，身上旅費所剩無幾的她，買了張火車票坐到嘉義，站在火車站外，不知何去何從，心情差到極點，正考慮著要不要把剩下的錢拿來買機票回日本算了。

就在這個時候，有個高高瘦瘦、看起來有點呆頭呆腦的男孩，氣喘吁吁地推著拋錨的舊摩托車經過她面前，一邊跑，一邊用日語大喊著：「我要賺錢！我要買摩托車！」

聽到這句話，亞美腦子突然靈光一閃，心想，對呀，為什麼我不能一邊旅行、一邊賺錢呢？

我才不要就這樣認輸，放棄我的夢想呢！亞美這麼想著，不知不覺就跟著那個推著摩托車的呆子，走進了「神戶小木屋KTV」。

而那個呆子就是我。

「哪……吉米醬，我可以問你一個問題嗎？」

「嗯。」

「為什麼你對著天空喊『我要賺錢』的時候，要講日語呀？」

「廢話，用中文喊的話，街上的人會覺得我很奇怪吧？」

「哈哈，用日語就不奇怪了嗎？」

「嘖，至少大家聽不懂吧……」

「哪……吉米醬，我可以再問你一個問題嗎？」

「嗯。」

「你很煩惱寫不出歌來嗎？」

「嗯……」

「雖然我不懂作曲，但是我覺得，你可以不用想得太複雜，就……當作是要寫一首歌送給我，怎麼樣？」

「這我不敢保證……」

「小氣鬼！我都要離開了……」

此時太陽漸漸升高，觀日台上的人潮也逐漸散去。

「……離開台灣之後，妳旅行的下一站是哪裡？」

「還沒有計畫，但是我呀……要一直旅行到世界的盡頭喔！」

「世界的盡頭？那是哪裡？」

「不知道。但我想，等我到達那裡的時候，一定會有『啊，就是這裡』的那種感覺了吧……」

吉米的青春18之旅第二天，電車幾乎都是在鋪滿一望無際白雪的大地上前進。

尤其是搭上奧羽本線之後，開始進入連綿不絕的高原地區。列車穿越冰雪覆蓋的森林、溪流和坡地，進入一個又一個當地人居住的山中小鎮。

然而不知道為什麼，這天搭的電車，車上全都沒有廁所……

雖然窗外風景美到爆炸，但是膀胱也憋到快要爆炸了啊啊啊！

這種當地的電車雖然每站都停，但如果貿然下車，就要接受等上一、兩個小時才有下一班車的風險。因此想要帥氣地中途下車尿尿，再到咖啡店買一杯熱騰騰的咖啡的話，就會讓旅行時間大幅拉長。更何況，那些中途停靠的鳥不拉屎的小站，別說咖啡店了，連有沒有廁所都很難說。

也因此，換車的空檔時間格外重要。

在一個叫作「米沢」的車站，趁著短短五分鐘的換車空檔，吉米以跑百米的速度衝到另一邊月台上的廁所。完事後，居然還有時間在販賣機買瓶熱咖啡，再搭上繼續往北的列車。

呼！爽啦！

越往北走，就離東京及福島等大城市越遠。而原本在電車上乘客身上總會感覺到的那種拘謹、沉悶的氛圍，似乎也越來越淡了。

取而代之的是一種住在山裡的人們質樸、率性的氛圍。

坐在吉米對面的中學生甚至還吃起泡麵來。

什麼？原來還可以這樣！

啊啊，好香啊……搞得我好餓啊……

到達山形時是中午時分，飢腸轆轆的吉米下車覓食。才走出車站，路邊一組正在街頭表演的樂團吸引到他的注意。

是個三人組，居中一個笑容陽光、妝容和髮型都很細緻，長得非常中性的男孩是主唱。在他身後的一男一女就比較沒那麼起眼。看他們身上的樂器，男的負責貝斯，女孩則負責吉他。

雖然很餓，但吉米仍加入三三兩兩圍觀的群眾，站著聽完他們唱這首老鷹合唱團的西洋經典名作《亡命之徒》。

嗯，主唱的聲音還算不錯，不過要詮釋這首歌還少了一點滄桑感。吉米心想，至於彈貝斯和吉他的這兩位，就還須要再練練了。

「為大家帶來下一首歌，同樣是老鷹合唱團的名作《加州旅館》。」

吉米正想離開，聽到主唱說了這句，又忍不住停下腳步，心想，《加州旅館》？你們這個吉他手行嗎……？

果然，揹著電吉他的女孩急忙向主唱低聲說：「學長，不行啦，這首太難了……」

「這樣啊……那看來只好省略最後的獨奏了。」

「啊，可是即使是伴奏我也沒有把握……」

他們麥克風忘了關，低聲討論的聲音一一傳送出來。

吉米忍不住走上前：「要不要讓我試試？」

樂團三人組盯著他看。

「這位大哥，你確定嗎？」主唱打量著他：「你看起來，不像玩音樂的啊……」

嘖……別提了！吉米心想，跟安田君換來的這身旅行裝扮什麼都好，就是品味太差。要是老子的皮衣還穿在身上，哪還由得你懷疑！

「總之借一下。」吉米接過女孩手中的電吉他。她看起來倒像是鬆了一口氣。

「《加州旅館》是吧？來，跟上……」

稍微調了下音，吉米就開始彈奏《加州旅館》的前奏。

只見樂團三人組一瞬間呆住了。

「喂……這、這首歌的前奏，原來這麼好聽的嗎……」女孩聽得目瞪口呆。

彈貝斯的男孩則忙不迭地加入伴奏。

主唱也跟著扯開喉嚨開唱。

在吉米的引導下，他似乎唱得比平常更好了。

這場表演吸引街上人潮的注意，越來越多人駐足聆聽。

進入歌曲後半段時，已經圍了一大群人。

歌曲結尾是一大段的電吉他獨奏。吉米的手指俐落地在弦上飛舞，優美的獨奏透過擴音器放送，直衝天際。

一曲結束，廣場上歡聲雷動。

吉米撫著手中的電吉他，不由得臉露微笑。

啊……好懷念的感覺，才不過短短幾天沒有碰過的吉他……

樂團三人組可興奮了，圍過來問東問西。

旁觀的觀眾也識趣地喊起「安可」。

結果盛情難卻下，吉米又在場上彈了三首吉他獨奏。正欲罷不能時，聽到車站月台傳來的廣播，才依依不捨放下了吉他。

吉米剛好趕在關門前搭上車。

向剪票口外的樂團三人組揮手道別，吉米又繼續他的旅程。

午餐沒時間買，不過還好，樂團主唱呈上了自己的便當給吉米，作為進貢品。

吃著飯糰，喝著冷掉的黑咖啡，吉米忍不住志得意滿起來。

看到沒，老子還是很屌的嘛！

嘖嘖，這種時候忍不住想找個人來炫耀啊……

這麼想的時候，就想到了安琪。

吉米拿出手機，開機後，不意外地，又跳出一大堆安琪打來的未接來電。

吉米回撥。

□

台北，安琪的公寓裡，看到來電顯示是吉米，安琪直接按了拒接，將手機遠遠地丟到客廳角落。

「啪」的一聲，手機被摔得稀巴爛。

小惠正好進門，嚇了一大跳。

「妳……妳幹嘛呀？」

小惠環顧眼前景象，不禁覺得觸目心驚。

雖然平常這個客廳也是一團亂，但此刻亂了三倍不只……最主要是衛生紙！擦過揉成一團的衛生紙散滿了客廳各處，蓋在地板、沙發和桌面上，簡直像下過一場雪！

而小惠心目中的高冷女神安琪，此刻位於衛生紙雪堆的正中央，衣衫不整、頭髮散亂，外加雙眼紅腫。她正用手上的衛生紙擤了鼻涕，然後又是隨手一丟。

「我的天，大小姐，妳怎麼了？」

「嗚嗚嗚……那個王八蛋！」

「皮衣男？他又幹了什麼事？」

「嗚嗚……我一直以為，《世界盡頭》是我們的定情曲……」

小惠看到埋在衛生紙堆裡那本日記本，立刻明白了什麼。

「妳還在看這個東西？不是叫妳不要看了嗎？」

「嗚……我現在真的不敢看了……」

小惠到浴室弄了條熱毛巾，安琪擦完臉，又在上面擤了一把鼻涕。

「我看……妳還是把皮衣男那本日記看完吧！」

「什麼？我不要……」

「我不管，妳給我去照照鏡子！妳哭成這個樣子，這張臉還能看嗎？」

「……那妳還叫我看完？」

小惠把日記本硬塞到安琪手裡。

「大小姐，我太了解妳了，就算妳今天不看完，哪天手賤，就又會拿起來看的……」小惠的臉幾乎要貼到安琪臉上：「妳知道我這幾天取消了多少通告嗎？反正妳今天也不能出去見人了，所以乾脆現在、立刻、馬上就給我把這本鬼東西看完，然後要哭的話，今天一次哭完！」

在小惠的威逼下，安琪只好不情願地一邊擤著鼻涕，一邊翻開日記本，繼續往下讀。

「接下來是歌唱組第27號選手……喔，很特別喔，這一位居然是來自日本呢！讓我們歡迎渡邊亞美選手為我們帶來這首……這首……呃……這個字怎麼唸啊……」

歌唱比賽當天的情景，該怎麼說呢？好像所有細節都記得很清楚，但現在回想，又覺得彷彿是在作夢一般。

舞台搭建在停車場。

因為是假日，一大早現場就已是萬頭攢動。

比賽開始時，整個停車場、大廳、花園，甚至馬路的人行道……只要能站人的地方，幾乎都塞滿了人。

一共有三位評審，都是唱片界有來頭的人物。

居中而坐的就是李國興。他本人給人的感覺與電視上看起來差不多，嚴肅、穩重，充滿威壓感。不管台上參賽者唱得再怎麼走音或者殺雞宰牛似地難聽，他始終都是一號表情，連眉毛也不挑一下。

首先開始的是歌唱組比賽。

亞美唱的是竹內瑪莉亞的《駅》。

太好聽了呀！亞美略帶低沉的嗓音，真的唱出了歌詞裡那種別離相思之苦。不過，除了坐在最前排的老闆之外，不曉得台下還有幾個人能聽得懂歌詞呢？剛才主持人連歌名都唸不出來呢……

聽得懂也好，聽不懂也罷，反正亞美唱完，台下爆出一片鼓掌及轟然叫好聲。我偷眼看了一下李國興。他只略微點了點頭，依然一點表情也沒有。

聽完亞美唱歌後，我又忙碌於工作。

基本上，活動現場的一切雜務，以及賣酒賣飲料賣小菜等等哩哩扣扣的鳥事，就夠我們這些服務生忙進忙出的了。

至於亞美，由於她是我們店裡的招牌，所以被安排在舞台上露臉，擔任指引參賽者的工作。

活動順利進行著。

到了大約下午三點，歌唱組的比賽，總共六十幾位參賽者，總算全部進行完畢。

稍作休息之後，就是創作組的比賽。

啊啊啊……來了！

為什麼我這個天才竟然也會緊張啊！

隨著參賽者一個個上台演唱他們的自創曲，我的心跳也開始越來越快，感覺全身血液都要被推到腦袋裡面了。

這……這樣真的沒問題嗎？

現在回想起來，大部分參賽者的創作曲都沒有什麼了不起的，然而在那個當下，不知道為什麼，就是會覺得別人看起來好像特別厲害……

「接下來是創作組第6號參賽者吉米，為我們帶來的自創曲是《世界盡頭》。」

該來的總是要來。

我幾乎是全身僵硬地揹著吉他走到舞台的台階旁。

在那裡迎接我的，是擔任指引者的亞美。

「哪，吉米醬，你的臉色好難看啊！」

「哪有？」

「你該不會是非常、非常緊張吧哈哈哈。」

「妳、妳閉嘴啦……」

我跟著亞美走上舞台。

所謂舞台這種東西，站在台下看它是一回事，自己站在上面，那就完全是另外一回事了。

明明也不過是離地一公尺的高度，卻讓人覺得彷彿一下子被丟到一萬公尺的高空一樣。突然間，就會因為吸不到空氣而急速缺氧。

走到舞台中央，我基本上已經是完全腦袋空白了。

「哪，吉米醬，你是不是覺得所有人都在看著你呀？」

「……那還用說！」

「你想太多囉，其實呀，觀眾都在看我這位美女，沒有人在看你的啦！」

屁啦，最好是這樣！

舞台中央有一張專門給創作組參賽者坐的椅子，那是考慮到創作組參賽者通常需要自彈自唱而準備的。

正要坐下，卻見亞美將椅子轉了個方向。

原本面對著台下的椅子，被亞美轉成面對著舞台邊階梯的方向。

那是亞美在舞台上的位置。

「妳幹嘛？」

「呵呵……吉米醬也只需要跟觀眾一樣，都看著我這位美女就可以囉！反正，你要唱的歌，是寫給我的嘛！」

亞美說著，把我按坐在椅子上，就退回她的位置了。

四周的吵雜聲彷彿都消失了。說也奇怪，剛才上台前的緊張感，彷彿全都消失得無影無蹤。

清清喉嚨，手按上吉他弦，眼前只看得到亞美一個人。

我可以唱歌了。

到傍晚時分，終於，所有的賽程都結束了。

我跟亞美都獲得第二名。

啊啊啊，太可惡了！就差那麼一點點……

我的三十萬獎金……

「創作組第二名的吉米選手，聽得出來應該完全是自學。不過，雖然他的作詞作曲、編曲，甚至是彈奏方面的技巧都還非常生澀，但在他的創作和演唱中，我看到許多詞曲創作人都缺少的東西。該怎麼說呢？那是一種把靈魂注入到歌曲裡的能力，無關乎技巧，我把它稱呼為『用音符對話』的能力。」

就算我最崇拜的音樂教父李國與給了我這樣的評語，也無法彌補眼睜睜看著三十萬鉅款飛走的遺憾啊！

「乾杯！」

當晚活動結束後，經理又從老闆那裡拗到了免費的包廂和飲料，請我們大吃大喝歡唱一番，以慰勞舉辦活動期間的辛勞。

「今天這一攤，除了要慶祝亞美和吉米都獲得比賽的第二名之外，同時，也要歡送亞美。很遺憾地，亞美要離開我們了……」經理宣布。

大部分人都是第一次聽到這個消息，包廂裡頓時爆出一陣哀號聲。

「那個，雖然時間不長，但是真的很謝謝大家在這段時間以來的照顧……」亞美站起來，很鄭重地向大家鞠了個九十度的躬。

根據亞美在日式鞠躬教學時所說，這是只有要表達極高的敬意或謝意時才會使用的。當然，身材纖細的亞美即使做這種極限動作，也完全不須擔心會發生「爆炸性」的意外。

不知道是因為活動成功的喜悅呢？還是因為亞美即將離開所帶來的感傷，當晚大家喝酒喝得特別快、特別多，才過沒多久，就把老闆給的「扣打」給喝光了。

「啊哩咧，沒酒了喔？」

「靠！怎麼這麼快！」

「是不是應該再去多買個兩、三箱台啤啊？」

「嗄……還要自己出錢喔？」

「啊，我知道了啦，叫吉米請客就好了啊！」

啊咧？三小？

「對喔，吉米不是得到第二名？還有五萬元的獎金耶！」

「請客請客請客！」

靠！難道你們不知道我這個天才最大的優點就是節儉，最大的缺點就是小氣嗎？想叫我請客？那真的不要說是門了，連窗戶都沒有！

「啊，這麼說起來，亞美也得到第二名，也是有五萬元的獎金……」

「切！人家亞美接下來還要去旅行，你怎麼好意思叫她用旅費來請我們喝酒！你的良心過得去嗎？」

「啊，也是喔……」

嘖，難道叫我用學費請你們喝酒，你們的良心就過得去了嗎……

「不要吵了，我請客吧。去買三箱台啤回來！」

包廂裡安靜了十秒鐘，大家不約而同轉頭看著說出這句話的經理。

這、這真的是我們認識的那個經理嗎？那個人稱雁過不拔毛、拔毛要收費的超級鐵公雞……

「喔耶！經理萬歲！」一陣錯愕後，大夥歡聲雷動。

有人說，世界上最好吃的飯就是別人請的飯，世界上最好喝的酒就是別人請的酒。所以這晚，大家都喝得特別來勁。包括我在內。

「吉米醬，你這是第幾瓶了啊？」

「唔……不知道啊嘔嘔……」

「啊，不行！你不能再喝了。」

「我……吼嘔嘔嘔……」

只記得彷彿衝去廁所吐了兩次，然後就沒有記憶了。

※

說起啤酒這種東西，真的超級無敵難喝的，又苦又澀。我也不明白那天我為什麼要喝這麼多。肯定還有免費之外的原因。

那天，恢復意識已是凌晨三點的事情了。

慶功宴早已結束，也不知道是誰把我抬到經理的辦公室去的。

「真是的，你怎麼會醉成這樣呢？難道你不知道自己的酒量嗎？」

一醒來，就被一旁正在整理行李的亞美劈頭唸了一頓。

「酒這種東西呀，喝一點點可以增加情調，但喝多了可是會傷身體的唷，而且不管怎麼樣，都不可以讓自己醉到無法控制自己……」

不用妳說，光是現在那股頭痛欲裂和揮之不去的胸口煩躁感，就足以讓我發誓以後再也不碰啤酒這個鬼玩意了。

亞美為我泡了一杯熱茶，喝了之後，終於覺得舒服點了。

等我喝完手中的茶，亞美也已經將她所有家當全收進了那個大背包裡。她要搭一大早的火車離開。

「……這麼快就全部整理好了？」

「呵呵，這算什麼？這可是背包客的必備技能呢！」

走出經理辦公室，我們在庭園長椅坐下。

「不過說起來，真的好可惜呢！」亞美說。

「可惜什麼？」

「這次的比賽，我們都只得到了第二名啊！」

「喔，真的氣死人，獎金差好多啊……」

「但是，《世界盡頭》真的是一首很好聽的歌呀，是那種很溫暖，讓人聽了會產生勇氣的歌喔！吉米醬為我寫了這麼好的歌，真的很令人感動啊！」

「嘛，我可沒有說那是為妳寫的……」

「哈哈，但是，後半段你是用日文唱的耶，如果不是為了我，那麼難道……是為了社長寫的嗎？」

「呃……」

天色漸漸亮了。

「總之，我已經元氣滿滿，接下來任何的挑戰，我都不怕囉！」

「嗯……」

「吉米醬也要上大學了吧？加油唷！就算是為了擁有一份安定的工作而努力，但也還是可以繼續寫歌的呀！」

「嗯……」

「接下來，讓我們努力成為各自人生中的第一名吧！」

※

清晨時分，下起了雨。

嘉義火車站的月台，北上的火車緩緩進站。

亞美給了我一個長長的擁抱之後，揹起她的大背包。

「莎唷那拉。」

「……」

「哪，吉米醬你知道嗎？在神戶KTV，很多客人唱完歌要離開的時候，都會跟我說

『莎唷那拉』。但是在日本，其實只有很久不會再見面，甚至是永別的時候，我們才會說

『莎唷那拉』的喔！」

「嗯……」

「所以呀，當我發現，前一天跟我說『莎唷那拉』的客人，隔天就又出現了的時候，我就知道，他們並不了解這句話的真正意思。」

「嗯……」

「不過，我們接下來是真的會有很長一段時間不會見面了……」

「……」

「莎唷那拉。」

「……」

「別人說莎唷那拉的時候，你也要說莎唷那拉呀，吉米醬。」

「……下次見。」

「真是的……」

亞美在我的左臉頰輕輕親了一下之後，跳上了火車。

車門關上了。

火車鳴著汽笛，一路緩緩向北而去，最後終於消失在視線中。

※

在那之後三個星期左右，我收到了亞美從一個叫作什麼「克拉斯諾亞爾斯克」的俄羅斯城市寄來的明信片。

亞美離開台灣之後，搭了渡船去廈門，從那裡開始搭著火車，一路穿越中國，抵達俄羅斯。看來很順利地繼續著她的旅程。

下一次，不知道什麼時候，才會再收到亞美的消息呢？

我想，有關亞美的事情，大概就只能暫時先寫到這裡了。

亞美離開後沒幾天，我也從神戶小木屋KTV畢業了。暑假即將結束，在寫完這本日記的同時，我也要準備打包行李，到台北開始我的大學生活。

也好，最近只要走在嘉義的街道上，或是騎車經過嘉義的鄉間小路，就老是會想起，啊，景色還是一樣，但是亞美已經不在這裡了。

也許暫時離開嘉義這個地方，就可以不再那麼傷感吧！

不管怎麼說，把這一切都寫出來後，心情好像好了一點。

雖然還是有一種心裡好像缺了一塊什麼東西的感覺。

而且我有種預感，缺的這一塊，這輩子大概很難再補上了。

但至少，不至於會再需要大吼大叫來發洩了。

台北是吧，好，就讓我也繼續我的人生下一個旅程吧！

亞美說得好，既然人生只能活一次，那麼，老子就來努力成為自己人生中的第一名吧！

火車抵達新庄市，一座被白雪覆蓋的山中小鎮。

吉米的青春18之旅第二天，幾乎看了一整天的雪景。在這片純白的大地上，坐在小小的車廂裡移動，什麼也不做，只是純粹對著窗外的景色發呆。

旅行到了這個時候，火車路線越來越單純，就是搭著車一路向北，很簡單。

初踏上旅途那種充滿未知的不安感及興奮感早已消失無蹤，取而代之的是一種極度的悠閒、愜意，甚至有點兒無聊了。

直到在新庄站的月台上看到了即將搭乘的下一班車，吉米的神經才又再度繃緊了起來。

這班車的車頭上寫著它的目的地：秋田。

那是亞美的故鄉。

怎……怎麼這麼快？吉米心想，我還沒有心理準備哪！

從隨身腰包裡拿出亞美寄來的唯一一張明信片。上面的內容他早已看得滾瓜爛熟了：

亞美的明信片

親愛的吉米醬：

你好嗎？我一切都好，就是在旅行的途中。

離開台灣之後，我打算搭火車穿越中國和俄羅斯，一路前往我心目中嚮往已久的歐洲大陸。目前中途短暫停留的這座俄羅斯城市，名字很難唸，風景很美麗。它距離我的家鄉秋田縣超過五千公里，距離台灣則更遠了。

中國和俄羅斯的火車，搭乘起來遠遠沒有日本或是台灣舒服，治安狀況更是令人不太安心。但是沒關係，說起來，我們家在秋田可是還算有名的合氣道場呢！我還是會一點防身術的喔！

雖然有一點不安，但這就是旅行。

希望你的大學生活一切順利。

渡邊亞美 於克拉斯諾亞爾斯克 一九九六年九月

坐上通往秋田的列車，吉米看著手中已經泛黃的明信片。

當初收到它之後，也曾期待接下來能夠再收到更多亞美的信息。

然而再也沒有了，就只有這唯一的一張，而吉米甚至連可以回信的地址都沒有。

列車駛出後不久，沿路每一站與每一站之間的距離越來越長，窗外也開始飄起雪花。

除了每一個停靠的車站周遭稀稀落落分布著一些屋子之外，在這之間，幾乎就只有無盡的白色曠野，間雜著凸起的山脈和覆蓋在白雪下隱約可見的針葉林。

原來這就是遠離了紅塵俗世的感覺呀……

「真琴，妳到底跟三浦學長告白了沒有呀？」

「欸？為什麼妳會知道這件事？」

「幾乎全班都知道了呀。」

「什麼？那會不會三浦學長也聽說了啊，怎麼辦？」

「有什麼不好呢，反正妳這膽小鬼也不敢自己去告白……」

嗯，看來紅塵俗世從未遠離……

要不是聽到旁邊高中女生嘰嘰喳喳的聊天內容，已經昏昏沉沉的吉米幾乎要懷疑自己是不是還在地球上了。

每次有乘客上下車，就會從外面吹進挾帶雪花冰冷的風。但只要門一關上，強力放送的暖氣又讓車廂裡感覺像是夏天一樣。

在這孤冷的氛圍中，真的很難不覺得昏昏欲睡啊……

□

「怎麼又下雪了，真麻煩哪！」

到達秋田站時，天色已經全黑。大雪紛飛。

「明天又得一大早起來鏟雪了……」

「真希望冬天趕緊過去哪……」

路過的當地人們紛紛抱怨著離開車站。

吉米則張開雙臂站在車站外的大雪中。

好冷啊！

可是好痛快啊！

站在雪中看雪，跟坐在車裡看雪頗不相同。那滿天紛紛飄落的、棉絮一般的白色雪花，更加給人一種唯美的孤寂感。

為了多享受一會兒這種接近自虐的快感，吉米信步在秋田市街頭漫遊。

不知不覺竟走了一個多小時。

很奇怪，倒也不覺得特別冷。嗯……肯定是安田君這件外套的功勞，看在它功能性這麼好的份上，也就對它的醜陋和沒品味睜一隻眼、閉一隻眼了吧……

不過，怎麼會越來越熱，甚至還出了一身汗呢？明明在這漫天大雪中……

隨著腳上和肩上、腰上傳來的疫痛感越來越明顯，吉米這才意識到，並不是這件外套有多屌、多保暖，而是揹著這麼重的背包走路這件事，本身就是一個會讓人熱出汗的運動……

而一旦意識到這件事，身體的疲累感，再加上飢餓，就都突然排山倒海地襲擊而來了。中午只吃了樂團主唱進貢的飯糰，這一點熱量可不夠在大雪中消耗啊！

浪漫也浪漫夠了，該找個地方吃飯睡覺了。

然而剛才過於隨興到處亂走，這時仔細一看，才發現已經遠離車站附近的市中心區域，附近雖然有不少房子，但看起來完全沒有像是餐廳或旅館的地方。

哇咧，不會吧……

此刻的吉米回想起前一晚，差點必須露宿街頭的恐懼。

繼續走沒多久，不遠處出現了一面巨大的霓虹燈看板。

吉米加快腳步走近，才發現，這並不是旅館或者餐廳。

比那更完美，這是一間二十四小時營業的包厢式漫畫網路喫茶館，也就是台灣俗稱的網咖。

□

第一次體驗日本的網咖，吉米忍不住讚歎。

與吉米認知的台灣網咖不同，這家漫畫網路喫茶館不但提供保有隱私的個人包廂，包廂裡還有可以躺平的沙發床。

台灣的網咖大多只能吃到泡麵或者微波食品之類的東西，但在這裡，菜單上不但有定食、咖哩、豬排等，飲料吧還有喝到飽的各式飲料和冰淇淋。

再加上滿坑滿谷的日文原版漫畫，和包廂裡附設的大螢幕電腦，甚至連淋浴間都有……就算要在這裡住上一個星期，恐怕也完全不會無聊啊！

吉米在淋浴間洗了個熱水澡，並且從安田君的大背包裡翻出看似乾淨的內衣褲及輕便運動服，咬牙換上之後，終於覺得舒暢點了。

「請問……您在旅行嗎？今天剛到秋田是嗎？」

那個醒目的大背包很清楚地標註了吉米身為一名旅行者的身分。櫃台的女孩送來烤魚定食時，忍不住問。

「是呀。」

「從哪裡來的呢？」

「台灣。」

「啊咧？台灣人嗎？您是我認識的第一個台灣男生呢！」

女孩非常興奮，大概在這個地方並不容易遇到外國人。

「那麼，我也是你認識的第一個秋田女孩吧？」

「很遺憾地，並不是耶……」

「欸？」

這天的吉米自己也不知為何，竟侃侃而談，向女孩詳細解釋了十八年前遇見亞美的經過。

看來旅行真的會讓人變得坦率呢，吉米心想。

「哇！！！！！！好浪漫喔！！！！！！」

網咖的三名女服務生全聚到了吉米的包廂門口，等到聽完故事，紛紛尖叫。一時間，吉米的包廂桌上堆滿了零食和小菜，全是女孩們呈上招待的進貢品。

「天啊，我感動得要死了！！」

吉米心想，我則是快要撐死了。

「那，你是特地搭青春18，到這裡來找她的嗎？」

「算是吧，但也不太是。」

「欸？」

當晚，雖然網咖的隔音不太好，但吉米還是睡得挺香的。

第三天

台北，早晨。

小惠來到安琪家，準備接她出門工作。

一打開公寓大門，小惠又是一怔。

只見客廳裡一塵不染。

等等……一塵不染？？？

小惠不敢相信自己的眼睛。打從數年前第一次獲准進入安琪公寓至今，她從未見過這個客廳如此乾淨、整齊。

沙發和地面上的垃圾全都不見了，雜誌、書籍等物，都整齊地擺放在一旁的小櫃子裡。

安琪正好在鏡子前化好妝，轉頭打了招呼。

小惠驚疑地看著眼前神色如常、穿戴整齊，呈現「工作模式」……不，簡直已經進階為「戰鬥模式」的安琪。

「欸？妳真的不須要再多休息一天嗎？」

「不用了，積了好多的工作要做呢。」

「但是……妳還好嗎？」

「廢話！老娘誰啊？」

安琪說著，將吉米的日記本塞給小惠。

「幫我寄回去吉米老家唄。對了……關於上次李大哥提到的電影主題曲一事，妳去聯絡一下，馬上約個時間討論細節吧！」

□

日本秋田。

一大早，帶著女孩們給的滿滿祝福，以及進貢品，吉米離開了網咖。

接下來呢？

關於亞美家的資訊，就只有亞美在明信片裡提到的「秋田還算有名的合氣道場」而已。

那就去看看吧，吉米心想。

也許偷看一下就好……

即使到了這個時候，人已經來到這裡了，吉米也還在懷疑自己究竟有沒有那個勇氣真的去敲門拜訪，畢竟都已經過了十八年。既然亞美從未再捎來任何信息，那麼也許她早已忘記我這個人了吧？

總之……還是先低調地去偷看一下再說。

藉由網路搜尋，以及網咖女孩們熱心提供的資訊看來，秋田比較有名的合氣道場似乎只有三家。

一點都不困難嘛。

其中一家甚至就在附近，那就慢慢散步過去吧……

秋田市的街道車子和行人都不多。昨晚下過一場雪之後，一早陽光露出了臉，很舒爽的天氣。

這就是亞美出生、長大的城市啊！

會不會在路上遇見她呢……

這麼一想，吉米就無法不去注意每一個擦身而過的女孩。

呵，不愧是傳說中出產「秋田美人」的城市，不過，她們都不是亞美。

雖然已經過了十八年，但吉米有自信，不論亞美如何變化，自己總可以認出她來的。

但是，她還認得出我嗎？關於這點，吉米可就完全沒把握了。

前。

眼花撩亂、胡思亂想地走了十幾分鐘，吉米照著地址來到一棟約莫有十層樓高的辦公大樓

這棟大樓頂樓就有一家合氣道場。吉米搭電梯上了十樓。

「請問是哪位？」

在上鎖的道場大門外探頭探腦時，後方突然有人出聲。

悚然回頭一看，那是個約莫四十歲的中年人，滿臉剽悍之氣，打量著吉米的眼神充滿戒備。

「呃……這個嘛……」

「您看起來不像是要來學合氣道的吧？」

「唔，的確不是……」

「那請問您有什麼事呢？我們道場可沒什麼好偷的啊。」

說話間，電梯裡又出來六、七名男子，都站在中年人身後。

吉米心想，拜託，有哪個小偷敢來你們這兒偷東西……

怎麼這回來日本老是被誤以為是小偷呢……不過看看自己揹著這麼大一個背包在這裡鬼鬼祟

崇地閒晃，也的確是有點兒可疑……

「那個……我不是可疑人物……」

「小偷可不會承認自己是小偷唷。」

「不……我只是想打聽點事……」

「喔？你說說看？」

「呃……這個……那個……」

「嗯？你果然很可疑喔？」

所有人把吉米團團圍在中間，彷彿怕他會逃走似地。雖然吉米比他們都要高出半顆頭，但這些人顯然個個都是武術高強的練家子……

「那個，其實我是在尋找一位故人……」

沒料到會是這樣的情況，吉米只得急忙掏出亞美的明信片解釋：「唯一知道的，就只有合氣道場這個線索而已……」

幾名大漢湊過來看明信片上的內容。

「原來是因為女人啊……嘿，就暫且相信你吧。不過……我們這個道場的總館在東京，而且才在秋田成立第三年而已，我想你要找的地方應該不是這裡喔。」

「這樣啊……謝謝您了。」

道謝之後火速逃到馬路上，吉米這才鬆了口氣。

嘖……好像把事情想得太簡單了啊……吉米心想，而且這個大背包實在太引人注目，根本低調不起來啊！

看來必須重新擬定作戰策略！

吉米靈機一動，回到秋田車站，在置物櫃寄存了大背包。然後搭上計程車，來到第二間合氣道場。

也許因為時間太早，道場尚未開門。沒有辦法，吉米請計程車司機直接前往第三間道場。運氣不錯，第三間道場已經開門了。這間道場位於住宅區的靜巷內，是一棟古色古香的日式木造大房子。

而吉米的作戰策略也很簡單，說穿了就是假借學武之名，行打聽消息之實。

「我對於合氣道很有興趣，能不能觀摩一下呢？」

果然這麼一說，馬上就有親切的阿姨帶著吉米進入道場，讓他坐在場邊觀摩，並且還有免費的熱茶喝。

吉米看了一會兒，正想要向阿姨打聽時，一位鬢髮皆白、步伐沉穩的老先生走入道場。阿姨一見到他，立即拋下吉米，向他迎去。

整個道場裡所有正在練習的學生們也全都停下手上動作，幾乎同聲向老先生大聲問好。

「日安！」

「老師好！」

面目慈祥的老先生雙目環視道場，向眾人回禮，沒多久，他就注意到了吉米。

「咦？這邊這位沒見過呢，是來觀摩的嗎？」

「是呀，而且還是位台灣人喔！想不到外國人也會對合氣道有興趣呢！」帶領吉米進門的阿姨說道。

吉米連忙點頭問好。

「喔，台灣人啊？很罕見嘛……」

老先生面帶微笑地打量了吉米半晌，突然眉毛一抬。

「光用眼睛看，是無法理解合氣道的，你想不想親自試試？」

吉米聞言一愣，尚未理解發生了什麼事，道場氣氛已瞬間熱了起來。

「哇！師父要顯露功夫了！」

「太好了！」

「好久沒看過師父動手了呢！」

「太幸運啦！」

所有學生七嘴八舌地圍了過來。原本在一旁觀摩的吉米，突然之間變成了全場焦點。

「呃……請問……」

「這位台灣來的小哥，你的運氣很好呢！」

「這個……我……」

「居然能和師父過招！我還從未獲得這個殊榮呢！」

欸？過招？

眼看老師父走到道場中央，笑吟吟地向自己招手，吉米這才意識到發生了什麼事。

「不，我……」

「上呀！台灣小哥！」

「那個……」

「上啊！不過，你是不可能傷到師父一根毛的哈哈哈！」

糊裡糊塗地，吉米就在眾人簇擁下，被推到道場中央。

老先生雙手一擺，目光炯炯地看著吉米：

「來吧，你怎麼進攻都可以。放心，我不會真的出力傷你的……」

認、認真的嗎？

吉米看著眼前這位身高未滿一百六十公分、面目慈祥、又瘦又小的老先生。這……就算再怎麼樣也……

老先生彷彿看穿他的心思。

「你該不會是怕傷到我吧？哈哈哈……」

整個道場爆出哄堂大笑。

「還是說，其實你不是想來學功夫的呢？」

哇咧，看樣子再不上，就要露出馬腳了……

吉米只好裝模作樣地打出一拳。

老先生不避不閃，看著吉米的拳頭在眼前停住。

「呵呵，看樣子，我不先出手，你是不敢認真的呢……」

老先生一語未畢，吉米突然覺得天地倒轉了過來。

還不知道發生什麼事，只感到耳畔風聲一響，緊接著背部一陣疼痛，整個人已四腳朝天地仰躺在榻榻米地板上。

而老先生笑吟吟的臉，正由上而下俯視著他。

怎……怎麼回事？

「怎麼樣，現在有想要認真進攻了嗎？還是說……你這高大的體格只是中看不中用呢？」

哇哩咧，居然敢對我這個天才使用這種激將法！

剛才雖然不明所以被摔了一下，但其實倒也不怎麼疼痛。吉米跳起來，往前衝去，心想老子也輕輕摔你一跤，這樣就扯平了。

然而手指才剛碰上老先生的手腕，不知為何，瞬間又再度天地倒轉，背部著地。

映入眼簾的依然是老先生那張俯視自己的笑臉。

這……這到底……

老子偏不信邪！

於是，被激起了好勝心的吉米，一遍又一遍朝著老先生衝過去。

然後又一遍一遍地倒地，再一遍一遍地爬起。

到了後來，根本忘記要控制力道這件事。

眼前的老先生看起來不再是矮小瘦弱的老人，簡直就像一尊無法逾越的巨神像。

而結果依然沒有任何改變，吉米每一次衝刺的力量，都只換來自己摔得東倒西歪的事實。

啊……怎麼好像越來越喘了……

也越來越痛了……

但……怎麼也好像有點痛快……

我是不是有病……

「啊，你膝蓋受過大傷吧？到此為止。」

最後一下，吉米本以為自己又將要被摔倒在地，誰知身體在空中翻了一圈之後，居然又是雙腳著地，穩穩地站在地上。

真是的，這身體彷彿不是我的，簡直就像玩偶一樣任人操縱啊！吉米心想，而且為什麼連我膝蓋受過傷都知道呢？那已經是很久以前的事了……

吉米簡直是佩服得五體投地。

四周的歡呼聲此起彼落。

「師父真是太厲害了!將『透明之力』運用得如此出神入化……」

「師父不愧是大東流直系傳人!」

「台灣小哥，我好羨慕你啊!」

「我好希望被摔的是我……」

「太可惡了啊!我也好想被師父摔啊啊啊!」

吉米心想，看來有病的不只我一個人。

老師父手一揚，四周才安靜下來。

「這位小哥，其實並不是來學合氣道的吧?」

咦?怎、怎麼被發現的?

「呵呵……合氣道的透明之力，可不只限於拿來摔人哪，還能看透人心喔……」

真、真的假的……

「你的心裡，有什麼難解之事吧?」

我的天，連這都知道？

「啊……老實說，的確是發生了一些事……」吉米只好坦誠道。

「哈哈，果然沒錯，而且，不只是這樣吧？我猜……果然還是跟女人有關吧？」

這……好可怕的「透明之力」！

不，應該說，這算是日本人與生俱來的直覺嗎……？

到頭來，吉米終究還是拿出了亞美的明信片，老實說明來意。

「呵呵，原來如此，」老師父聽罷，笑道：「很可惜，這家道場是我所創，而老朽既沒有女兒，也沒有孫女哪……」

「這樣啊……」

「至於你想去拜訪的另外一家道場，那是我的徒弟在十年前才開的道場，看起來，也不是你要找的地方。」

吉米聞言，不由得有點沮喪。

看來，合氣道場這條線索，說不定也只是當年亞美在明信片上開的一個玩笑罷了……

吉米正打算道謝離去，帶領他進門的阿姨突然開口了。

「老伴，你還記不記得，很久以前，和你爭奪『秋田第一』的那個人哪？」

老師父聞言，皺眉想了一會兒。

「那傢伙嗎？呃……都是二十年前的事了吧？再說，他的道場早就關了，而且聽說他也早就離開秋田了……」

「話是這麼說沒錯，但這位小哥手上的線索，可也是很久很久以前的了唷。」

「對喔，難道這位小哥要找的其實是渡邊那個死不認輸的小子……咦……」

老師父搶過吉米手中的明信片，仔細看了上面亞美的署名。

「渡邊亞美……？呵呵，看來，你要找的，真的就是渡邊那小子的女兒啊！哈哈哈……真是意外呢！」

□

「啊，司機先生，您確定是這裡嗎……？」

計程車穿過了大半個秋田市之後，在一個寧靜社區巷口停下。

「的確是這裡沒有錯喔！」

「這樣啊……」

車子開走了，吉米看著眼前的建築物，搔了搔頭。

手中的地址，是道場老師父翻箱倒櫃之後好不容易找出來的，據說是以前渡邊道場的地址。

然而到了現場一看，這並不是什麼合氣道場，而是一間瑜伽教室。

啊啊啊……看來果然早就搬走了啊……

好不容易找到的線索再度中斷，吉米站在瑜伽教室門口，一時不知該何去何從。

怎麼辦？就此放棄嗎？可是都跑了這麼遠……

這個時間似乎正是瑜伽教室開始上課的時間，陸續有揹著瑜伽墊的阿姨，甚至是老奶奶走進教室。她們進門前，不免對著站在門口的吉米好奇打量幾眼。

「日安……這位小哥該不會是要來報名上瑜伽課的吧？」

一位身材高大、看起來很開朗的阿姨向吉米打了聲招呼。她旁邊另外兩位阿姨則哈哈大笑。

「妳說什麼啊！怎麼可能！」

「哈哈，小哥你別在意啊，她就老愛胡言亂語的……」

吉米脫口而出：「那個，我的確是想來參觀一下……」

「欸？？？」三位阿姨面面相覷，張大了嘴。

「喂，是真的嗎？」

「咱們瑜伽教室終於要有男性了嗎？」

「而且還是這麼年輕帥氣的小哥……喔呵呵呵……」

被三個興奮的阿姨團團圍在中間，吉米幾乎立時開始感到後悔。

但後悔也來不及了，在阿姨們簇擁下，吉米半推半就地進了瑜伽教室。

□

「腿要再張開一點，要打直喔。」

欸……？

「身體再彎下去一點哪！」

為什麼……？

「身體也太僵硬了吧！我來幫你一把！」

「痛痛痛！」

所有的婆婆媽媽們都在一旁圍觀鼓譟。

這究竟是怎麼回事？吉米一邊覺得痛不欲生，一邊心想，我明明是來參觀的啊！為什麼突然就變成被參觀的對象了啊！

「喔呵呵，看吧，總算是下去了吧！」

「小哥啊，你現在做的只是瑜伽的基本動作呢！」

「筋真的太硬了，年輕人，這可不行哪……」

「再把他的身體壓下去一點……」

啊啊啊，痛死了……

「喂，我說妳們，快放開他吧。」

突然出現的聲音，讓四周的鼓譟聲暫時安靜下來，施加在吉米背上的壓力也瞬間消失了。

呼……總算得救了……

吉米感激地看向這位突然出現的救命恩人。

只見那是一名穿著緊身韻律服，雖然看得出有些年紀，但身材仍然維持得非常勻稱的阿姨，她帶著笑容的臉上略見皺紋，正充滿好奇地打量著吉米。其他人則紛紛向她打招呼。

「教練好！」

「日安哪，教練。」

吉米這才知道原來眼前之人是這間瑜伽教室的教練。

「各位好……我說，為什麼妳們一大早就虐待這位小哥呢？」教練問道：「這是哪位帶來的兒子嗎？」

「哦呵呵，那才不是呢，」高大阿姨道：「這位小哥說他想要來學瑜伽呢！」

「喔……」教練笑咪咪地看著吉米：「是真的嗎？」

「啊……您好。」吉米揉揉被折騰得又痠又痛的腿和腰，站起身來：「我、我原本的確是想要觀摩一下……」

「唉呀，瑜伽這種東西啊，光用看的是無法了解其中奧妙的喔！」高大阿姨笑道。

但我也沒有要求要親身體驗啊……吉米心想，不論是合氣道場或者瑜伽教室，秋田人都是這麼熱情的嗎？

「嘛，雖然很感謝，不過我們這間教室向來只收女性學員喔……」教練略帶歉意地說道：「非常抱歉哪。」

呼，幸好幸好……

「沒有關係的。」吉米忙道：「不過，我可不可以打聽一件事呢，關於……」

「教練哪，就讓他報名嘛。」高大阿姨打斷了吉米：「難得他這麼有誠意地想要加入，我們大家是一點都不會介意的喔！」

呃……我看起來那麼有誠意嗎……

「而且哪～」高大阿姨續道：「人家小哥可是遠從台灣來的呢，不覺得很特別嗎……」

「台灣？」教練一愣，重新上下打量吉米：「你是台灣人？」

「是的。」吉米道：「不能報名也沒有關係，我想打聽一件事……」

「等等，你……你該不會是……吉米醬……吧？」教練突然說道。

「咦……」

「啊咧！真的是你呢！初次見面，我是亞美的母親。」

□

從瑜伽教室後門出來，穿過一座院子，有一間兩層樓的小房子。

亞美媽媽在客廳茶几放上一杯茶後就上了二樓。再下來時，已經換上一身和服，手上拿著一封牛皮紙袋。

「真是嚇了我一跳呢！實在抱歉，讓你看到我穿著瑜伽服的樣子啊……」

吉米連忙站起身：「不不，是我不好，這麼突然地冒昧來訪……」

亞美媽媽按著吉米的肩膀，讓他坐回沙發上，然後從手上的牛皮紙袋裡拿出一張照片放在桌上。

那是吉米和亞美十八年前在「神戶小木屋KTV」大廳裡的合照。

「沒想到真的能見到你本人，我到現在還不敢相信呢。」亞美媽媽笑道：「這張照片我是早就看熟了的，明明你的樣子並沒有太大變化，我應該要更快認出你來的。」

「請問，亞美現在……還住在這裡嗎？」

「嗯，該怎麼說呢？她爸爸堅持要她回東京去，所以呢，真是不好意思，累得你繞了這麼大一圈呢。」

「啊，不會的，其實我本來也沒想過真的能找到……」

「呵呵，你真的很幸運。要不是因為我後來迷上瑜伽，把亞美他爹的合氣道場改成瑜伽教室的話，那麼我們很可能已經把這個地方賣掉了，那樣的話，即使你來了也找不到任何線索囉！」

「咦？您並不是一開始就經營瑜伽教室的嗎？」

「不是唷。」亞美媽媽微笑道：「在我離了婚、亞美也離開家之後，這可是我好不容易才找到的人生新方向呢！」

亞美媽媽說著，將手上的牛皮紙袋交給吉米。

「所以呀，你能找到這裡就是有緣，老天註定要我將這個交給你。」

「這是……？」

「亞美寫給你的信。」

「……什麼？」

「呵呵，我一直有個心願，就是將這些信寄給你，可惜並不知道你的地址……」

吉米打開牛皮紙袋瞄了一眼，只見厚厚一疊，少說也有七、八封信。

「啊，可是……」

「你想問，為什麼亞美不親自把信寄給你，對吧？關於這個問題，答案都在信裡面了……啊，這麼說起來很抱歉，我的確是偷看過那些信了，真是對不起哪……」

「但是……」

「別擔心，雖然是我自作主張，但你就放心地拿去吧！我可是亞美的媽媽呢！」

「謝謝……」

「吉米君，其實……」

「嗯？」

「嘛，算了，你看了就會知道。紙袋裡有一張紙條，上面有亞美的地址。有時間的話，到了東京，就去見見她吧！」

瑜伽教室外，亞美媽媽為吉米叫了計程車。

「那麼，祝你休假愉快……你是在休假沒錯吧？」

「呃……可以這麼說。」

「嗯？我記得亞美提過……你是音樂家，對嗎？」

吉米沉默了半晌。

「其實……我打算放棄音樂了。」

「咦？為什麼呢？」

「唔，該怎麼說……能發現自己沒有才能，也是一種才能吧？我都已經三十六歲了，這個時候才開始尋找新的人生方向，雖然有點遲，但也還不太晚……就好像您，不也找到了瑜伽嗎？」

這個時候計程車到達了。

亞美媽媽點點頭，微笑道：「看來，你會在這個時候來到這裡，並不是沒有原因的呢。希望在這趟旅程的終點，你會找到你要的答案。」

「謝謝您。」

□

吉米回到秋田車站、取回大背包後，一刻也沒有停留，讓青春18車票蓋上第三格章，然後搭上了羽越本線往南的列車。

要是改搭飛機，或者新幹線，說不定當天就可以到達東京，甚至晚上就能見到亞美了吧？

但吉米還是選擇使用青春18，搭乘慢車。

要是不能有始有終地完成這一次的青春18之旅，那麼就算見了面也會被亞美那傢伙嘲笑的吧……

總之，上路。

旅途的第三天，從秋田站出發時已經是下午了，吉米打算這天能走多遠，就走多遠。

來的時候，一路向北，列車穿越了重重山脈；而回程的路線，一路向南，這次則是沿著海岸線前進。

出發沒多久，天空又開始飄起雪花。

吉米一邊望著窗外發呆，一邊整理思緒。

他壓根兒沒想到居然真的能夠打聽到亞美的消息，甚至還進了亞美家。直到此刻，還覺得像在作夢一樣。

順利的話，明天，或者後天，就能抵達東京吧？到那個時候，就可以見到亞美了……

但是我真的能鼓起勇氣去見她嗎？我連牛皮紙袋裡的那疊信，到現在都還不敢打開來看啊！

嘖嘖，這就是所謂的近情情怯嗎？

在新屋站換了一次車，上車沒多久，吉米已經覺得渾身疲憊、昏昏欲睡。

大概是因為這天從一大早就接受了合氣道及瑜伽的洗禮，再加上後來找到亞美家，在肉體和精神上都經歷了巨大的衝擊吧。

吉米的意識逐漸模糊。

朦朧間，彷彿已身處東京街頭，在一個寧靜的住宅區裡走著。

走著、走著，走上了一棟公寓建築的樓梯，然後在三樓的一扇門前停了下來。

按了門鈴。

「來囉，哪一位呀？」

門內傳來的是好似熟悉，又好似陌生的亞美的聲音。

隨著腳步聲接近門口，公寓門被打開了……

公寓裡的光異常刺眼，強光之中，有道模糊人影，因為背著光，根本無法看清她的臉。

吉米正努力想要看清楚，偏偏身後有人一直拍著他的肩膀……

「小哥，小哥……」

不要煩我啊……我終於要見到亞美了呢……

「小哥，這位小哥……」

幹嘛啦！有事不能等一下再說嗎？

「小哥……」

「吵死了！」吉米大吼著睜開眼。

公寓的門和強光都消失了，環顧四周，自己仍在電車座位上，眼前則站著一位穿著站務員制服的大叔。吉米一時不知發生了什麼事。

「……已經抵達終點站了。」站務員大叔說。

是錯覺嗎？怎麼覺得這位大叔的臉有點兒臭……

吉米趕緊逃下車。

月台對面有一班正等待發車的列車，吉米想也不想直接跳上車。

幾乎在他上車的五秒後，列車門就關上了。

嗚了幾聲汽笛，列車緩緩啟動，開出這個「羽後本莊」站。

看著月台上一臉怨氣的大叔在視線裡消失，吉米這才鬆了口氣。

呼……這一覺睡得好熟，好像還作夢了呢？

剛搭上的這班車是只有一節車廂的迷你型列車，車廂裡隱約聞得到舊式柴油引擎特有的機油味，列車前進時伴隨著轟隆隆的巨大機械運轉聲，速度卻不快。

這樣的列車，這趟旅途還是第一次搭到呢。即使在台灣，現在也很少有這麼舊型的車了。

停靠了兩個小車站後，列車穿過一片樹林，接著豁然開朗。在眼前展開的是一整片被遠山環繞、鋪滿白雪的平原。

一群身形修長的鳥被駛過的列車驚起，在天空中飛舞。

好一幅人間仙境般的景色，美得有點不真實。

「大哥哥，你是從哪裡來的呀？」

正被景色吸引時，一道童稚的聲音在吉米身後響起。

車廂裡乘客不多，坐在吉米後方的是一位老奶奶和一名綁著沖天炮辮子頭，看起來約莫小學三、四年級的小女孩。小女孩臉頰紅撲撲的，大大的眼睛好奇地盯著吉米的大背包看。

帶著這個大背包，果然很難低調啊，吉米心想。

「我是從台灣來的唷。」

「台灣？那是哪裡啊？」

「嗯……那是在日本南方遙遠的海上的一個國家喔。」

「咦？大哥哥不是日本人嗎？」

「對呀！」

吉米心想，當年，同樣揹著大背包旅行的亞美，必定也常常和旅途中偶遇的人們，有著類似的對話吧？

「喔？外國人啊？在我們這個地方不常見呢。」坐在駕駛座上開車的列車長也加入了對話。

「哪，我活到七十幾歲，也從來沒跟台灣人說過話啊，以前遇見過，但是沒有一個會說日語的。」一名頭髮鬍鬚皆白的老伯很自然地一屁股坐到了吉米身旁的座位上。

原本坐在列車最後方的三個高中女生，不知什麼時候也移動到列車前方來了。

「那個，我聽說台灣有很多好吃的東西對不對？」

「台灣偶像劇裡的男生都很溫柔呢……」

「我也好想去台灣旅行喔，會不會很貴呢？」

就這樣，一分鐘前還很安靜的車廂裡，突然開始了熱烈的對話，而眾人包圍的中心，就是吉米。

啊咧……這是怎麼回事……

怎麼感覺今天不管走到哪，都會變成日本鄉民們參觀的對象啊……

面對著七嘴八舌、排山倒海而來的問題，吉米一時不知從何對答起。而這些日本鄉民們倒也不在意，你一言、我一語地聊得很開心。看起來，這些人相互之間本來就認識。

「玲子，妳得好好唸書，考上個好大學才行哪，成天想著旅行什麼的那可不行。」

「討厭，野田伯伯你說話好像我媽。我就不能先規劃一下嗎？」

「呵呵，總之唸書還是最重要的喔，而且旅行很花錢的哪！不信你問一下台灣小哥。」

哇咧，關我屁事……

眼看眾人都望著自己，吉米只好說道：「嗯……其實要去台灣旅行的話，倒也不是那麼困難的事情，對日本人來說，台灣的消費應該算是很便宜的……」

「喔，我聽說過這件事。」高中女生玲子興奮地說道：「據說，日本人的收入相對很多其他國家都算是很高的。這麼一來，身為日本人，就算要環遊世界，應該也不是太困難的事情吧！」

「啊啊，玲子妳這樣想可不行哪，就算日本的工資比較高，但妳也必須先有工作才行哪！」

「可是我聽說，有很多人是一邊打工賺錢，一邊環遊世界的呢。」

「這個想法太不實際了，不信的話，妳問問台灣小哥……」

哇咧，為什麼又問我？

玲子抿著嘴唇看著吉米，看著她略微緊張，但又帶著一絲堅毅的眼神，吉米覺得好像看到了多年前的亞美。

「玲子想要環遊世界嗎？」

「是的！我喜歡旅行，我的夢想就是可以到很多不一樣的地方，去看看這個世界……大哥哥也是嗎？」

「那倒不是……」

「那大哥哥的夢想是什麼呢？」

「唔，那不重要，不過……」吉米苦笑道：「我覺得，想要只做著自己喜歡的事情活下去，果然還是很困難的呢。」

原本滿懷期待的玲子聞言一愣。

野田老伯則是很滿意吉米的回答。

「哪，玲子妳聽到了吧？人家台灣小哥也是這麼說的，總之呢，不切實際的夢想先拋到一邊，妳哪，還是要好好唸書，然後進到大企業工作……」

不等老伯唸完，玲子咬著下唇跑回車廂後方。她的兩個同學也跟著去了。

過了一會兒，列車停靠在一個小車站月台上，只見玲子滿臉委屈地單獨下車了。

列車再度啟動。

野田老伯還在絮絮叨叨地叨唸著。

車廂裡瀰漫著一股尷尬的氣氛。

「我說野田啊，你就少說兩句吧。」

帶著小女孩的老奶奶突然說道。

她一直只是面帶微笑地聽著眾人聊天，這時才打破沉默。

野田老伯居然真的閉上了嘴，看起來似乎是對老奶奶存著一絲敬畏之心。

「小哥，你是要到矢島去嗎？」老奶奶轉向吉米問道。

吉米無意間說的一句話，似乎給了玲子不小的打擊，心中正懊惱，聽見老奶奶的問話，隨口答道：「我也不知道。」

此話一出，眼見包含列車長在內的所有人都愕然看著自己，吉米連忙解釋：「啊，我是用青春18車票在旅行，所以其實沒有一定的目的地，只要最後能回到東京就行……」

「那樣的話，」老奶奶笑道：「我想你大概是搭錯車了喔。」

……啊？

「小哥，青春18車票只能搭乘ＪＲ的列車喔……」列車長說道：「很遺憾，咱們這是鳥海山ろく線的地方列車，不是ＪＲ的系統哪。雖然很不好意思，但等一下你要另外付車資喔！」

「而且，這條路線就只開到矢島而已。在矢島，是沒有辦法轉車的。」老奶奶補充：「如果你要繼續旅行，只能再往回坐，回到羽後本莊去轉車了。」

……什麼!?

□

在一個叫作「西瀧澤」的車站，吉米跟老奶奶、小女孩一起下了車。

「千萬要記得喔，兩個小時後，會有開往羽後本莊的回程車，那是今天的末班車，要是錯過了可就沒有車啦！」

老奶奶帶著小女孩離去前，還不忘殷殷叮囑吉米。

吉米充滿感激地向她揮手道別。

這位老奶奶總讓他想起已經去世多年的曾祖母。

祖孫兩人離去之後，整個世界一瞬間安靜了下來。

這是一個被山脈環繞的無人車站，除了極短的月台之外，就只有月台旁一棟木頭搭建的方形小木屋。鐵軌在雪地上劃開兩條蜿蜒的黑線，直向著山的那頭綿延而去。

吉米拉開木門進入小木屋裡。

屋子很小，大約只能容納十來個人同時在裡面。雖是個無人車站，但還是貼心地搭建了這棟小木屋，供等車的人避寒。

安裝在天花板一角的小喇叭輕聲播送著電台廣播。

拉開小屋另一側木門，屋旁有一棵松樹，樹枝被雪壓得下垂。小屋前有一條小路長長地向前延伸出去，通往一座小村落。吉米拉開門時，正好看到小路的盡頭，剛才的老奶奶和小女孩轉了個彎，隱沒在巷弄裡。

除了明顯是鏟雪車清理過的柏油路面外，不論是車子、房子或者農田，全都被白雪覆蓋。天空還飄著細雪。

吉米在附近走了一圈。不要說人了，連一隻狗、一隻貓，甚至一隻鳥，都看不到。整個世界安靜得似乎可以聽見下雪的聲音。

逛了一圈之後，吉米回到車站小屋裡。

雖然沒有暖爐，但將兩邊拉門都關上，小屋內還是比外面溫暖不少。而除了兩張靠著牆的長木凳之外，小屋裡就什麼都沒有了。唯一的點綴，只有貼在牆上的溫泉民宿海報，以及依然播放著的廣播電台的聲音。

沒有地方可以去，也沒有事情可以做，吉米將大背包斜靠在長凳一頭，自己坐在另一頭，打算睡個覺。

就在這時，喇叭裡傳出熟悉的電鋼琴旋律。

「接下來，是由住在小樽市的木下同學點播的《駅》，他要將這首竹內瑪莉亞的歌送給搬家之後再也見不到面的同學們……」

啊……

是當年亞美在歌唱大賽上唱的那首歌。

想不到，居然會在這裡又聽到了這首歌。

從小到大，吉米一直保有聽廣播電台的習慣。

這個習慣是從小學時，家裡買了第一台收音機就開始了的。

小學及中學時代，吉米最愛做的事情之一便是打開收音機，轉著旋鈕、調整接收頻率，直到聲音清晰，然後讓廣播節目的聲音在房間裡流淌。

偶爾聽到一首喜歡的歌，或者是從未聽過的好歌，便會覺得無比幸運，那一天的心情會特別好。

也曾經為了錄下一首最喜歡的歌，長時間守在收音機前等待。

這樣的習慣，一直到後來吉米自己也成了音樂創作人，仍依然保持。

甚至後來網路媒體興起，只須動幾下手指便可以輕鬆搜尋到想聽的歌曲了，吉米也依舊無法割捨聽廣播這種充滿未知的樂趣。

無論是開車時，或者深夜睡不著的時候，只要有空，吉米總會打開廣播節目收聽。

自從亞美在歌唱大賽上唱過《駅》這首歌之後，這十八年來在廣播電台裡，偶然聽到這首歌好幾次了吧？吉米心想，至今，每一次在電台聽到這首歌時的情景，都還記得非常清楚啊……

第一次在電台聽到這首歌，是大學剛畢業的時候吧？

當年，吉米大學入學沒多久就參加轉學考，進了音樂系，主修作曲，副修鋼琴和吉他。對於歌唱大賽時李大哥提到的基本功不足這部分，在大學四年裡拚命做了補強。

畢業之後應徵的第一份工作，就是李大哥的「國興音樂」。

吉米沒想到李大哥居然還記得他，也記得《世界盡頭》這首歌。而且，被錄取進公司之後，李大哥給的第一個作業，就是要運用大學四年所學到的東西，重新改寫《世界盡頭》，並為它編曲。

想要獲得李大哥的認可，絕不是件容易的事。剛進公司的前三個月，吉米幾乎天天住在公司。終於，在某一天傍晚，李大哥點了頭。

「終於有點專業音樂人的樣子了。嗯……你這首歌給人的感覺，像是寫給一位正要開始追逐夢想的女孩，溫暖、又帶點依依不捨，並且充滿探索世界的勇氣。我覺得非常適合找剛出道的新人來詮釋，我們就這麼進行吧！」

李大哥離開錄音室後，吉米忍不住想要大吼大叫一番，因為實在太高興了！

即使錄音室隔音良好，但吉米還是打開廣播，將音量調到最大，以掩飾一下自己在裡面的鬼吼鬼叫，以免嚇到同事。

當時廣播節目裡，伴隨著吉米殺豬似的歡呼聲的，就是《駅》這首歌。

吉米第二次在廣播節目和這首歌相遇，又是幾年後的事了。

那一年，應該稱得上是吉米事業與愛情兩得意的一年。

隨著連續兩張專輯大獲好評，安琪早已成了家喻戶曉的大明星，是外貌與實力兼具的女神。而吉米作夢也想不到的是，能夠在夜深人靜時與安琪單獨共處的，居然會是自己這個窮小子。

當時吉米與安琪剛開始祕密交往不久。某個夜裡，他們開了一瓶紅酒，慶祝《世界盡頭》改編成日文版本正式發行。

當然，吉米從來沒有告訴安琪，那天晚上當他們接吻的時候，廣播裡輕柔播放著的《駅》這首歌，讓他忍不住想起了另外一位女孩……

絕對不能讓安琪知道啊，不然會被殺的。吉米心想，何況，我只是不小心想起一下下罷了……

然後第三次，是在醫院聽到的。

當時，吉米因為打籃球傷了膝蓋，做了韌帶重建手術。

當吉米從麻醉後的意識模糊中醒來時，就看到戴著鴨舌帽和口罩、墨鏡的安琪坐在病床旁邊。

「沒事吧……醫生說你一年內最好不要再打籃球了。」

「沒關係，反正打籃球容易傷手指，對彈樂器也不好，就趁機戒了吧……」

安琪不能待太久，不過她帶了吉他來。

躺在病床上動也不能動的時候，吉米一邊聽著鄰床家屬帶來的收音機裡播放著的《駅》這首歌，一邊撥弄琴弦，倒也不太無聊……

在那之後，又過了幾年。

某一天，吉米單獨在安琪的公寓裡，準備了香檳，等她回家。

那天是金曲獎頒獎的大日子。電視上，安琪正接受「最佳華語女歌手獎」的得獎訪問。

「恭喜安琪終於獲得這個獎項！其實應該很多人都跟我一樣認為，妳早就該得到它了！」

「謝謝。」

「那麼，安琪可以跟我們聊聊，在這麼多年的演唱生涯中，妳自己最喜歡的是哪一首歌嗎？」

「嗯，應該還是我的出道曲《世界盡頭》吧。」

「喔？我也很喜歡這首歌！不過……這首歌的創作者後來是不是沒有再繼續寫歌了啊？似乎很久沒聽見他的作品了呢……」

吉米關掉了電視，即使安琪的訪問還沒結束。

寧靜的公寓客廳裡，只剩下收音機播放著的《駅》的旋律，那是第四次……

又過了幾年。吉米第五次在廣播裡聽見了這首歌，沒記錯的話，那應該是最近的事，大概是去年吧。

當時，吉米在租來的、小到不能再小的套房裡，一邊寫歌，一邊聽著廣播。

桌上擺著菸灰缸，裡面滿是菸頭。

房間裡煙霧瀰漫，地上則散落著揉掉的一張又一張五線譜紙，以及捏扁的啤酒罐。

「開門啊！我知道你在家！這個月的房租已經拖欠兩個星期了喔！還有，我們這裡禁菸你知不知道……」

即使戴著隔音耳機，吉米還是依稀可以聽到房東在門外大吼大叫。

而房東敲打著房門「咚、咚」的聲響，彷彿和耳機裡傳來的《駅》的音樂節奏融為一體……

零碎的五個記憶片段，隨著廣播節目裡的歌聲，一段段浮現腦海。

沒多久，歌曲播完了。

而吉米的思緒也在穿越了十幾個年頭之後，重新回到當下，這個遙遠北國的候車室裡。

他一動也沒有動。

喇叭裡播送的廣播節目，又開始播起了別的歌曲。

吉米仍是一動也沒有動。

時間不知道過去了多久。

越來越冷了。

在天色完全暗下來時，吉米覺得身體慢慢失去知覺……

就在這個時候，木門忽然被拉開。

吉米抬頭一看，進來的是穿著厚重雪衣、白天在列車上遇見的老奶奶。

「列車長打電話給我，說你沒有搭上回程的末班車，怎麼回事呢？喂……你看看你，都快凍壞了！」

「啊……抱歉……」

「說什麼抱歉啊！這個地方不能過夜的！快跟我來！」

老奶奶一把將吉米從椅子上拖了起來。

「老奶奶……」

「嗯？」

「我、我真的要放棄音樂了……」

「……雖然我不知道發生了什麼事，但是，就算要放棄音樂，也不能放棄生命啊！」

□

老奶奶姓高橋，目前與孫女千夏住在一起。

高橋奶奶家是棟木造的日式老房子，門前栽植了兩棵松樹，非常雅緻。

客廳很大，陳設很簡單，沒有過多的家具，只有正中央一張大大的暖爐桌，以及散落各處的座墊。甚至也沒有電視，整個客廳裡最顯眼的裝飾就是佔據一整面牆的大書架，裡面擺滿了書。

吉米洗過澡，坐在暖爐桌旁吃了烤飯糰和味噌湯，才覺得活了過來。

「家裡很久沒有客人來啦，不嫌棄的話就住一晚吧。千夏她父母現在都不住這裡，咱們這別的沒有，就是空房間很多。」

「謝謝您的招待。」

高橋奶奶也不多問，招呼完吉米後，就坐到客廳一角，點亮檯燈看起了書。

千夏則是一點也不怕生，纏著吉米東拉西扯地聊天。才不過吃完一頓飯的時間，吉米已經知道了她目前就讀小學三年級，在學校裡最喜歡的科目是語文，最討厭的則是數學。連她最好的幾個朋友，以及尊敬的老師、討厭的同學，甚至暗戀的對象等等情報，也全都掌握了。

「大哥哥，那你家住在哪裡呢？你有女朋友嗎？」

彷彿要求等價情報交換似地，分享完自己的事情之後，千夏也開始對吉米做起身家調查。

「千夏哪，奶奶教過妳什麼來著？這麼隨便打探別人的隱私是不對的喔。」

「咦，可是奶奶……」

「沒關係的。」吉米笑道：「我們家啊，住在台灣一個叫作嘉義的地方喔，那裡從來不會下雪，而且夏天真的很熱呢。」

「那你的女朋友也住在那裡嗎？」

「呃……我現在沒有女朋友啦……」

「以前也沒有嗎？」

「以前的話倒是有……」

「那有照片嗎？千夏想看！」

「不行唷，大哥哥以前的女朋友是有名的人，我們的戀情是不能曝光的。」

「欸？莫非大哥哥是地下情人嗎？」

「……妳怎麼會知道這麼難的詞？」

「我想看啦！讓我看，好不好？」

「唔……」

「千夏！」一旁看書的高橋奶奶出聲制止。

千夏不敢再追問，但嘟著小嘴，顯然很是失望。

吉米見她如此，念頭一轉，從大背包裡翻出亞美媽媽給的牛皮紙袋。

「雖然不是女朋友，但是很久以前，我有一個非常喜歡的女孩喔，妳想要看她的照片嗎？」

「我要看我要看！」

吉米從牛皮紙袋裡拿出當年與亞美的合照。

「哇！好漂亮的大姊姊喔！那……她也喜歡大哥哥你嗎？」

「呃，這個我就不知道了……」

「你為什麼不問她呢？」

「哈哈……對喔，我為什麼不問呢？」

連高橋奶奶都湊過來看了照片。

「……這女孩，是日本人吧？呵呵，原來如此啊……」

高橋奶奶意味深長地看了吉米一眼，笑而不語地又退回角落看書去了。

千夏則繼續著她的身家調查攻勢。

「那大哥哥是做什麼工作的呢？」

「喔，這個問題有點難回答耶。」

「為什麼？」

「唔，簡單來說，本來有工作，但現在沒有了。」

「所以大哥哥現在是待業人士嗎？」

「……妳居然又懂得這麼難的詞。」

「那大哥哥原本的工作是做什麼的啊？」

「這個嘛，算是跟音樂有關係吧，不過我已經決定要放棄了……」

「咦！」千夏突然興奮了起來：「大哥哥是音樂家嗎？」

一句話還沒說完，她就跳起身，咚咚咚地跑上二樓去了。

吉米正在納悶，只見千夏抱著一把木吉他和一本樂譜，又是咚咚咚地跑下樓來。

「大哥哥，我會彈吉他喔！」

「喔？」

千夏說著盤腿坐在座墊上，抱著對她而言有點太大的吉他，開始調音，居然還有模有樣。

「我才剛開始學喔，大哥哥要聽嗎？」

「好啊！」

調好音之後，千夏翻開樂譜書，用她小小的手指按住了吉他弦，開始彈奏。

只聽了十秒，吉米就知道她確實是初學者。她的手法還非常生澀，而且彈的都是最基本的和弦。

啊……很久以前，我也是那個樣子吧。吉米心想，那個時候，多麼快樂啊。

再聽了一會兒，吉米忽然一怔，這旋律，怎麼有點耳熟……

湊過去看了一眼翻開在桌上的樂譜，果然沒錯，千夏正在彈的，竟然就是《世界盡頭》的日文版本。

千夏開始邊彈邊哼唱著，雖然手上和弦轉換速度很慢，也不時彈錯音，但已約略可聽出整首歌的雛形。

不一會兒，彈唱完畢。

吉米用力鼓掌。一直很活潑開朗的千夏竟顯得有些害羞。

「我還沒練好呢，好丟臉喔！」

「不會啊，千夏彈得很好呢。」

「真的嗎？這是我學的第一首歌喔！我的老師說，這首歌使用的和弦很少，很容易上手，又非常好聽，很適合初學者呢！」

「嗯……」

「奶奶也很喜歡這首歌吧？」

「是呀，」高橋奶奶從書裡抬起頭：「很溫暖的一首歌呢。」

「那大哥哥會彈這首歌嗎？」

「……會啊。」

「真的嗎？可以彈給我聽嗎？」

「……好啊。」

吉米接過千夏手中的吉他。

「咦？大哥哥你不用看樂譜嗎？」

「不用了。」

吉米略微調音之後，閉上眼睛，開始彈唱。

這是吉米創作的第一首歌，多年來，已不知彈過幾千幾百次。別說不須看樂譜，哪怕是在睡夢中，大概也能精準地彈唱。

千夏張大了嘴，目瞪口呆地聽著。

高橋奶奶也放下了書。

屋外下著漫天大雪，屋內則溫暖、安靜。

整個世界彷彿什麼都沒有剩下，只有吉他，以及吉米的歌聲。

沒多久，一曲彈唱完畢。

千夏正要拍手叫好，突然一愣：「咦？大哥哥，你怎麼哭了？」

□

晚上八點，台北東區，國興音樂總部。

助理敲了門，進入李國興辦公室。

辦公室裡，李國興和安琪、小惠三人正在開會，看起來氣氛有點兒嚴肅。

「那個，李大哥、安琪姊，抱歉打擾你們開會……」

助理說著，在李國興耳邊耳語了一下。

李國興聽罷，眉頭一皺：「是那臭小子？」

「是……對不起，」助理說道：「因為他很堅持……」

「沒關係，」李國興手一擺：「把電話接過來，開擴音。」

助理連忙按了茶几上的電話擴音鈕。

「什麼事？我很忙。」李國興說道。

「啊……李大哥……」

聽到電話那頭傳來的聲音，安琪不由得一愣。

「李大哥，我是吉米。」

「我知道。你說。」

「李大哥……」電話那頭的吉米說道：「對不起……」

一陣沉默。

「對不起……」吉米又說了一次。

小惠移近安琪，悄聲道：「喂，皮衣男好像在哭耶……」

安琪不語。

「你想說的只有這個嗎？」李國興仍然面不改色。

「李大哥，我……我想繼續寫歌……」

辦公室裡又是一陣沉默。

只有吉米的啜泣聲透過電話擴音不斷傳出來。

好一會兒，李國興才打破沉默。

「關於前陣子的電影《回到十八歲》主題曲，我們打算請安琪擔任主唱。你知道她開出來的唯一條件是什麼嗎？」

「嗯……？不知道……」

「安琪的條件是，主題曲的最終比稿，必須再給你一次參加的機會。」李國興說道：「臭小子，度完假之後，就給我馬上回來上班。」

第四天

下了一整夜的雪。

一早吉米幫高橋奶奶鏟掉房門口厚厚的積雪後，揹上背包再度出發。

高橋奶奶和千夏一起來到西瀧澤車站為吉米送行。太陽出來了，陽光在雪地上反射，刺得人眼疼。

列車從一片純白色的地平線遠方出現，鳴著笛慢慢接近。

「你的神情，變得不一樣了呢。」高橋奶奶微笑看著揹上大背包的吉米：「祝你一路順風。」

千夏則是張開了雙臂：「大哥哥，來！」

「欸？」

「電影裡，外國人說再見的時候不是都會擁抱嗎？」

「哈哈，那是西方人啦，我們台灣人其實也不習慣那樣的。」

「這樣啊……」

電車進站了。

吉米忽然一把抱起千夏。

「千夏，再見了哪！妳要好好練習彈吉他喔！」

「遵命！老師！」

放下千夏，吉米也擁抱了高橋奶奶。老人家措手不及，瞪大了眼呵呵傻笑。

「奶奶，謝謝您。有機會的話一定會再來拜訪。」

「隨時都歡迎哪……」

搭上電車，吉米望著高橋奶奶和千夏的身影慢慢隱沒在雪白的大地上，直至看不見為止。

因為搭錯車而偶然來到的這個地方，想必一輩子都不會忘記吧？

亞美說的沒錯，在旅途中突然出現的驚喜，才是最棒的。

列車發出轟隆隆的運轉聲，在雪白大地上緩緩前行。

沒多久，停靠在一個小車站。

一名穿著高中制服的女孩上了車。

吉米不由得一愣，他認得那是昨天在車上遇到的玲子。

真是個很小的地方啊……吉米心想，她大概每天都搭這班列車上下學吧？

玲子顯然也認出了吉米，但她只是臭著臉，一語不發地走到車廂最後方坐下。

即使隔著一整個車廂的距離，吉米彷彿都能感受到身後傳來的一股怨氣……

唉呀，還生氣啊？

腦海中突然閃過一個念頭，吉米從背包裡找出亞美送給他的青春18海報，然後硬著頭皮走到玲子的座位旁。

「幹嘛啊？」玲子瞪著他。

「那個……昨天很抱歉，為了賠罪，請收下這個吧……」

「欸？」

玲子猶豫了一會兒，終究還是抵擋不住好奇心的誘惑，伸手接過了海報打開。

「咦？……哇！這是青春18的海報耶！而且是……平成七年的？這很珍貴耶！真的要送給我嗎？」

吉米點了點頭。

玲子興奮不已，完全忘了一分鐘前還生氣這回事。

「不過……大哥哥怎麼會有這張海報呀？」

「是我的初戀對象送給我的喔！」

「欸？真的嗎？這麼珍貴的東西我怎麼能收……」

「放心，她也會希望妳收下的，畢竟，妳跟她是擁有同樣夢想的人喔。」

「真的嗎？那麼，她已經實現環遊世界的夢想了嗎？」

「是的。」

「好棒喔！她現在在哪裡呢？」

「她已經回到日本了，現在在東京，我正要去找她呢！順利的話，在我青春18之旅的最後一天，也就是明天，就可以見到她囉！」

「哇！好浪漫喔！」

列車抵達羽後本莊站之後，吉米向玲子道別。

重新回到了JR的鐵路系統，又可以使用青春18車票了。站務員在吉米的車票蓋上了第四個章。

接下來，以東京為目的地，要一路往南了。

吉米搭上羽越本線列車，青春18第四天的旅程正式開始。

窗外的風景由遍地雪白的東北鄉下風光，變成一整片蔚藍的海岸線。車，緩緩地開出。

旅行至此，初踏上旅途的新鮮感早已不復存在。吉米甚至有種錯覺，彷彿自己已經踏上旅途很久、很久、很久了。

心境轉變之後，在車上的時間也感覺越來越漫長。

吉米看著車窗外蔚藍的海，發了一會兒呆之後，終於想起了什麼似地，從大背包裡拿出亞美媽媽給的牛皮紙袋。

數了數，紙袋裡共有八封信，每封信使用的信封都不一樣。

亞美媽媽還很貼心地用標籤紙標出了信件的順序。

吉米由第一封開始，細細讀起亞美的信。

亞美的第一封信

親愛的吉米醬：

我現在人在西伯利亞鐵路的火車上，緩慢地向西方前進著。車窗外的風景已經一整天沒有變過了，車廂裡的乘客也是。

大家都找著各式各樣的事情做，來打發時間。有人看書，有人下棋，有人聊天，有人則整天睡覺。而我正在寫信給你。

其實，前幾天才剛寄了一張明信片給你，可是因為真正想對你說的話，一個字都沒有寫出來。所以忍不住又提筆了。

這整個車廂裡，連一個可以聊天的人也沒有，所以我只好在信紙上找人聊天啦！而當我這麼想的時候，第一個想到的人就是你呢，是不是覺得很榮幸呢？哈！

在嘉義生活的日子，明明才只是不到一個月之前的事情，但是好像已經距離我非常遙遠了。

也許現實上的距離感，也會連帶地拉長時間的距離感吧。

如果搭飛機的話，從俄羅斯到台灣也許只需要一天的時間。但是如果像我這樣，搭乘渡船、火車、巴士移動，腳踏實地一步步前進的話，就會很切實地感受到這個世界的遼闊，以及生活在這個世界上其他地方的人們有多麼地不同。

從十八歲那年開始了第一次的青春18之旅後，我就再也無法割捨下這種旅行的方式了。

算算時間，現在的你，應該也已經準備要進入大學、開始新的人生階段了吧？

這兩天我一直在想，想著我們共同度過的那些時光，想著我們參加的歌唱大賽，想著我們曾經徹夜聊的那些話。

然後我想，所謂「成為自己人生中的第一名」是什麼意思呢？雖然當時我說得好像很了不起，但其實我也不知道自己確切追求的是什麼。

對於吉米醬來說，成為人生中的第一名，或許是指在大學裡以優異的成績畢業，然後進入一流的公司上班？又或者，你也還不是很確定呢？

不論如何，我都在遙遠的地方祝福你。

至於我，我對於這個世界的好奇心，還遠遠沒有被滿足。就像你在《世界盡頭》那首歌裡寫的：

「世界很大，我很渺小。

夢想在列車的終點，而我才剛買了車票。」

是的，我要去世界的盡頭，雖然我不知道那是哪裡，但是我知道，現在的我距離那裡還很遙遠。

我只能儘可能感受當下的每一刻，享受每一次呼吸到的空氣……雖然因為我買到的便宜臥鋪就位於這節車廂的廁所旁，以致於我現在每次呼吸，就會聞到廁所裡傳來的氣味……

欸？我怎麼寫著寫著，竟然寫到廁所了呢？

本來一開始，我是打算寫一些話來嚇你一跳的呢！不過寫到這裡，我改變主意了。我決定，等我到了這趟旅途的終點，再告訴你。

但是這封信，卻也暫時不能寄給你了。

即使我沒有真的寫出來，但是如果你很聰明的話，說不定會猜到的啊！

雖然我總覺得，你在這方面應該是沒有那麼靈敏。

寫到這裡，彷彿可以看到你一邊說著「怎麼可能，我可是天才」大聲反駁，一邊漲紅著臉的樣子了呢。

亞美 筆

羽越本線列車這一段幾乎都是沿著海岸線行駛。

越往南，天氣就越好，陽光灑在水面上，閃閃發亮。

吉米在一個叫「酒泉」的車站下了車。

換車的空檔有點時間，吉米晃到車站外，心想，都來到酒泉了，怎麼能不喝點酒呢？於是在便利商店買了一瓶啤酒。

沒多久，下一班往南的列車進站了。

亞美的第二封信

親愛的吉米醬：

距離上次寫信給你至今，又過了一個多月。

我目前人在聖彼得堡，這是俄羅斯境內靠近芬蘭邊界的一座城市。我在這裡的青年旅館打工換宿。所謂打工換宿，即是每天幫忙做一些打掃、換洗床單之類的雜務，來換取免費的住宿。

青年旅館真的是背包客的好朋友，我在這裡認識了很多人，大部分是歐美背包客，而英文是大家共通的語言。我很慶幸，為了環遊世界，從小我最努力學習的就是英文這個科目，現在終於看到成果了。

跟這些背包客聊天時可以發現，像我這樣子的人，在日本可算得上是異類，然而在歐美國家，很多人都是跟我一樣，剛畢業、還沒開始工作之前，就先出來探索世界。

也許未來，這樣的想法在日本及台灣，也會越來越普及吧。

總之，我在這裡認識了很多朋友。這陣子住在青年旅館裡，每天都過得吵吵鬧鬧的，我都快要忘記前陣子一個人旅行的那種孤獨感了。

前幾天我在櫃台值班時，有一對情侶入住，一問之下，發現他們居然是台灣人喔！我跟他們，以及前陣子來入住的日本姊姊美智子四個人，一起組成了「台日旅團」，在聖彼得堡到處觀光呢。

台灣情侶之中的男生名字很難唸，我不知道怎麼寫。他很害羞，話不多（跟你完全不一樣）。女孩則有個很可愛的英文名字，叫作 APPLE，非常健談。她知道我在台灣住過，很開心呢，我們聊了好多事情，包括你的事在內喔！

就在剛才，APPLE 他們退房，準備回台灣去了。臨走前，APPLE 跟我說，她很高興可以跟吉米醬一樣，變成我的台灣朋友。

我很開心，也很感謝她把我當成朋友，畢竟旅途中最美麗的風景之一，就是遇到的人們哪。

不過，在我的心裡卻有一道聲音說：「不一樣喔！」

是的，吉米醬是不一樣的喔！跟 APPLE 或是美智子姊，又或者是我在旅途中認識的其他朋友，甚至是我在日本一起長大的朋友們，都不一樣。

為了告訴你這件事，所以我馬上就提起筆來寫信了。

哪裡不一樣呢？我也說不上來。

當然，吉米醬也是朋友，但是，又好像不只是朋友？

你說呢？

很想知道你會怎麼回答。不過很可惜的，這封信，目前也還不能寄給你。

總有一天，我會親口問你的吧！

亞美 筆

吉米在新津站下了車。

這裡實際上是新潟市。即使沒來過日本的人，也知道新潟盛產好米，難得來一趟，當然得找個地方吃新潟米。

有點破落的街道上，吉米選擇了一家中華餐館，點了一客回鍋肉套餐。

餐館裡有個聲音洪亮、操著關西腔的老伯一直在說話。起初吉米沒有在意，但因為他的聲音實在太刺耳，仔細一聽，才發現他居然是自言自語地在痛罵政府無能。

罵完政府，老伯把焦點轉到自己的兒女。等到他唸叨完兒子和女兒的種種不孝行徑之後，吉米的回鍋肉套餐終於上菜了。

轉頭向店員道謝時，吉米發現老伯正盯著自己的大背包看，心裡暗道不妙。

「那邊那位小哥，你在旅行是嗎？哪裡來的？」

果然被盯上了！這趟旅程至今，這個大背包可真是給自己招來不少事情啊……

「呃……那個，抱歉，我不會說日文……」

「外國人嗎……欸？等等，不會日文？但是你剛才那句就說得挺好啊？」

「那個……我就只會說這一句而已啦！」

「喂喂，你現在這句也說得很標準呢！」

……想不到老伯還挺精明的。

雖然就像亞美說的，旅途中最美麗的風景之一就是人。不過，也是有一些人，是不想招惹的哪……

結果吉米食不知味地吃完了回鍋肉套餐，回到車站，繼續搭上下一班列車。

亞美的信還有很多封沒有打開，不過吉米並不急著讀完它們。拿出第三封信之後，只是呆呆地望著車窗外倒退的海岸線。

好一會兒，才打開了信封。

亞美的第三封信

吉米醬：

我現在在一個世界上最遙遠、孤寂的地方。

這裡是俄羅斯極北，接近北極圈的一座海島。

還記得我上一封信提到過的美智子姊嗎？她在日本的大學工作，主要研究氣候。這次她到俄羅斯來，是因為有一個日本學者組成的考察團，要到西伯利亞極北海島來做研究。

你可能不知道，其實我非常會煮日本料理唷！美智子姊在嚐過我做的菜之後，就邀請我加入考察團擔任廚師。

這個機會太難得了！所以我馬上就答應。

考察團總共十幾個人，浩浩蕩蕩六、七輛吉普車，載滿了各種野營用具跟研究器材，甚至還有兩名俄羅斯政府派來的軍人保護我們的安全呢！（或許是派來監視我們的也說不定……）

我們開了好幾天的車，然後搭了小艇渡海，才終於抵達這座無人島。

美智子姊整天忙於研究，我跟其他人也不熟，因此除了吃飯時短暫的談話之外，大部分時間我就是看書，以及在島上四處漫步、探索、發呆。

雖然是北極圈，但因為是夏天，白天的溫度還算舒適。

對我來說，這絕對是我曾到過最偏遠、荒涼的地方了，以地理位置和景色來說，這裡的確有資格被稱為世界的盡頭。然而我心裡知道，這裡還不是我的終點。我看過的世界，還只是一小部分而已。

帶來的書沒多久就看完了。在島上的時間，開始變得越來越漫長。

剛到這裡的時候，白天很長，夜晚很短。不過在這裡才待了幾個星期，就可以明顯感覺到白天變得越來越短，而黑夜越來越長了。美智子姊說，當黑夜跟白天的長度變得一樣的時候，我們就要準備撤離了，因為接下來，很快就會變得越來越冷。

這一天，我獨自在長滿堅硬小草的海岸邊待了一整個下午。

已經變冷了，我把所有帶來的衣服穿在身上，才能勉強待在戶外。

強烈的孤寂感襲來，我突然好希望此時身邊能有一個人，跟我一起在這個冰冷、寂寞的地方看海。

那個人該是誰呢？

你應該知道的，此刻，我正在寫信給他呢！

雖然，暫時還不會把信寄出去啦！

亞美 筆

大概因為正逢上班、上課時間，列車上有點擁擠。

列車到了長岡，換了另一班車之後，人總算變少了。

在日本搭電車旅行至今，吉米已經非常熟練，甚至不太須要一直查閱電車路線圖。

只要看到上車、下車的女學生們的裙子越來越短，就可以確定自己正一路向南前進。

亞美的第四封信

親愛的吉米醬：

算了一下，由台灣出發至今，已經過了半年。

從北極圈的西伯利亞小島回到聖彼得堡，我向美智子姊道別，重新踏上一個人的旅程。

離開俄羅斯，下一站是北歐。

北歐什麼都好，唯一的缺點就是，消費好貴哪！甚至比日本更貴呢。

再加上時序慢慢進入冬天，這裡也越來越冷。總之，我在北歐沒有待得太久，就一路往南，直到我抵達了這個叫作愛沙尼亞的國家。

開始旅行之前，我對於這個國家其實一點概念也沒有，但從我來到這個地方的第一天開始，我就愛上它了。

不只是因為物價便宜，更主要是因為這裡的人。

愛沙尼亞的建築物多少看得見俄羅斯的影子，然而這裡的人卻和俄羅斯人不同。俄羅斯人外冷內熱，乍看之下會覺得他們有點冷漠，而愛沙尼亞人則非常溫暖、熱情好客，某些地方總讓我想起台灣人呢！

也讓我想起日本的家。

曾經聽很多其他的背包客說過，踏上旅途之後，短則三個月，長則半年，幾乎所有人都無一例外地會開始想家。

我想我現在就是這個樣子吧。

此刻，我在愛沙尼亞首都塔林的老城區裡。這個老城區非常美麗，走在街道上幾乎會以為穿越了時空，來到中古世紀的歐洲。

面對如此夢幻般的景色，我心中的悸動卻遠遠不如預期，這是怎麼回事呢？

難道，因為長時間的旅行，我已經開始倦怠了嗎？

這是一種很奇怪的心情，明明知道這個世界還有好多地方等著我去探索，我也明明還元氣滿滿，但怎麼就突然開始想往回走了呢？

坐在老城區的咖啡店裡寫著信，突然有種想哭的感覺。

我想念日本，也想念母親。

我也想念台灣，和吉米醬。雖然台灣不是我的國家，吉米醬也不是我的家人……

亞美 筆

吉米在直江津換了一次車，抵達系魚川。

在羽越本線上的每一班車，吉米幾乎都是由起點坐到終點，唯有這班例外。吉米在系魚川中途下車，準備轉乘另外一條路線。

傳說中，有著壯闊景色的「大系線」鐵路。

和羽越本線總是沿著海岸前進不同，大系線的列車來了大轉彎，往東開進了山裡。

大概是因為海拔升高了，隨著飛驒山脈的壯麗山形在遠方露出身影，自離開秋田後一直沒有再看到的雪白大地，又開始在車窗外出現。

亞美的第五封信

親愛的吉米醬：

好久不見！你一切都好嗎？

我很好！很久沒有這麼好了！

離開愛沙尼亞後，一路往南，我到過波蘭、德國、比利時、法國等等這些從小就耳熟能詳的歐洲國家。

這原本是這趟旅途中我最期待的部分，然而如同上一封信裡提到的，我想應該是因為旅行得太久，進入倦怠期吧？無論眼裡看到的建築、景色再怎麼動人，心裡卻始終沒有當初剛踏上旅途時的感動了。

現在我在倫敦。因為簽證的關係，我決定在英國停留長一點的時間。

再加上，雖然我一直非常節儉地旅行，但當初在台灣打工時存下來的旅費，以及在據理力爭下得到補發的一部分被冒用的旅行支票，也差不多要用完了。

很幸運地，我遇見了一對來自沖繩的日本老夫妻，他們在倫敦開了一家日本料理店，正招募打工人員哩。雖然我沒有工作的簽證，但他們仍然僱用了我，而且還讓我借住在二樓的小房間裡。

我暫時安頓了下來，一邊休息，一邊賺取接下來的旅費，就像當初在台灣的時候一樣。

順帶一提，這裡給的時薪，比起在台灣時的更高喔，哈哈哈。

在這裡工作，已經是第二個月了。

就在剛才，結束一天繁忙的工作之後，突然很想寫信給你。

老實說，原本我幾乎已經快要放棄了，不久之前，剛到英國的時候，我幾乎有股衝動，就想要買機票飛回日本去了。

也差一點就要把之前寫的信全部寄給你了呢！

不過，暫時停下旅行的腳步，工作一陣子之後，我覺得我又慢慢恢復精神了，也慢慢又開始對於未來的旅程感到期待。

等到存夠錢，我就要準備再出發。畢竟，我還沒有到達世界的盡頭呢！

雖然對你很不好意思，但你得要再等一下，才能收到我的信囉。

亞美 筆

到達南小谷這個終點站時，天色已經全暗了。

吉米下車，在車站外走了一圈，決定今天就住在這座可愛的山中小鎮。

然而探詢了一下附近的住宿，問到的價格卻讓吉米不由得咋舌。

這也太貴了吧！而且沒剩下多少選擇……

實在是太失策了，剛才看到滿車都是扛著滑雪裝備的人，就應該要意識到這是個滑雪渡假區的！

吉米返回車站，然而很不幸地，末班車也已經開走。

於是當晚，吉米只好忍痛拿出身上幾乎僅剩的日幣，入住了一間有著整片雪景落地窗和壁爐的豪華民宿。

第五天

隔天，雖然很想在這個豪華民宿裡賴個床、睡晚一點，但吉米還是掙扎著起了個大早，到車站去搭車。

站務員在吉米的青春18車票上蓋了第五個章。

這是旅途的最後一天了。

五天前，從東京開始的青春18之旅，也將在今天，同樣在東京結束。

早晨，在滿天飄落的細雪中，列車從南小谷站緩緩駛出。

亞美的第六封信

親愛的吉米醬：

你好嗎？我很好。

我又上路了。

在英國過了整整五個月安定的日子，我滿滿地儲備了能量、旅費，以及對新旅途的期待。去過了法國、希臘和義大利之後，目前我在西班牙最南端的港口，準備搭船去我心目中的神祕大陸：非洲。

等船的時候，我開始寫信給你。以往，我都是在獨處的時候寫信，然而這封信有點不同……寫這封信的同時，我身旁有三個人，都是在旅途中認識的朋友。其中兩位是日本人，他們是在旅途中相遇而開始交往的情侶檔：伸二和富士子。

另外一位則是法國人皮耶。

其實，我會開始寫這封信，就是因為皮耶的關係。自從在法國認識皮耶，他就一路跟著我和伸二、富士子到希臘、義大利，然後現在又跟到了西班牙來。

這麼說你應該猜到了吧？皮耶打從第一次見到我，就展開極度熱烈的追求……雖然說追求本美女的人也不少，但是沒有人比他更誇張了。

法國人真的是超級直接的啊，你知道嗎？他第一天見到我，就說愛上我了，我都快昏倒了呢。即使我告訴他，我已經有男朋友了，他也還是打死不放棄。

富士子一直說，皮耶長得滿帥的呀，為什麼我不接受呢？

很可惜的，比起這種單刀直入型的追求法，我好像還是比較喜歡慢慢培養感情呢。我喜歡的，也不會是這種所謂的法式浪漫，反而，那種比較內斂、又有點遲鈍，不太擅長表達自己情感的男生，好像還是比較吸引我一點。

你說，那會是誰呢？哈哈。

總之，皮耶這位老兄因為沒有辦法跟我們到非洲，現在正坐在港口垂淚……我實在不知道該拿他怎麼辦，只好跟他說，我現在要寫信給我的男朋友，請他不要吵我。

真是不好意思哪，拿你當了擋箭牌。

寫著寫著，船終於進港啦！太好了，我終於可以擺脫皮耶了！

下次寫信給你的時候，我應該就會是在非洲了。

亞美 筆

大系線的列車離開山區之後，就看不到雪了。

漸漸地，遠處的飛驒山脈也消失在視線中。

吉米到達終點站松本。

在這裡，大系線路線到了盡頭。

吉米改搭上中央本線的列車，一路往東而去。

亞美的第七封信

親愛的吉米醬：

好久沒有寫信給你了，你一切都好嗎？

我很好，只是前陣子生了場小病。確切來說，是中了瘧疾。

實在太大意了啊！雖然伸二和富士子一直提醒我要打疫苗，但我總以為自己不會那麼倒楣的……

還好生病時有富士子照顧我，不然我可真不知道該怎麼辦哪。

整個非洲的旅途中，我非常慶幸有他們兩人的陪伴。

打從一開始在摩洛哥的港口上岸開始，這個原始大陸就給了我巨大的震撼。明明和歐洲只相隔著短短的直布羅陀海峽，卻彷彿是兩個完全不同的星球。

我們走過了許多地方，也避開了許多地方，在這個大陸上，有許多地方目前是不適宜旅人前往的。

長滿猴麵包樹、彷彿會呼吸的壯闊大地；貧窮村莊裡聚集上百個餓著肚子的孩子；大草原上奔馳著數以百萬計的牛群……這些，全都會是我這輩子難以忘懷的畫面吧。

當然，那原始的廁所，以及有時有點可怕的食物，也同樣令人難忘……

總之，在非洲的旅行非常充實、非常震撼，卻也非常辛苦。

伸二和富士子不久前回日本去了，現在的我，則停留在一個叫作辛巴威的國家。

這座小村子裡，有一個由來自全世界志願工作者組成的團體，團體成員中有日本人，也有台灣人唷！

這個志工團體在這裡協助村落建立學校和醫院等基礎設施。雖然並沒有正式加入，但目前我也暫時待了下來，負責教小朋友們英文。

今天晚上是每個月例行的志工烤肉活動，我也參加了。大家又吃又喝的，非常開心。而且，在這種地方，不知道為什麼居然有一台可以唱卡拉OK的機器喔！

卡拉OK耶！自從離開台灣後就沒有唱過了！沒想到居然是在非洲這麼偏僻的小村子裡，我又再一次拿起了麥克風！

雖然可以點的歌很有限，而且幾乎只有英文歌，但完全沒有問題，志工團的夥伴裡，有好多人會彈吉他呢！點不到的歌，也總有人可以幫忙伴奏喔！只要有麥克風就完全沒問題！

我唱了很多首歌，包括《駅》，感謝來自日本的小夥伴幫我伴奏。

唱著唱著，我不禁想，如果是吉米醬在這裡幫我伴奏的話，那該多好啊！

在台灣KTV打工的日子，已經是一年多以前的事了，在漫長的旅途中，這段記憶也慢慢地越來越模糊，幸好我還隨身帶著當時跟吉米醬的合照，不然的話，不知道會不會也忘記了你的臉呢？

吉米醬呢，你還記得我嗎？

亞美 筆

吉米在一個叫作甲府的地方下車。

吃了午飯之後，吉米在車站附近找到一家花店。

接下來，再搭一班列車，就可以到達東京近郊的小鎮：四方津。

那是亞美居住的地方。

從地圖上來看，四方津似乎是座滿小的小鎮，吉米不確定那個地方會不會有花店，所以決定在甲府這裡先買。

然後，帶著一束散發著淡淡芳香的水仙花，吉米搭上了中央本線往八王子方向的車。

在車上，吉米打開了亞美的最後一封信。

亞美的第八封信

親愛的吉米醬：

像這樣子在旅途中寫信給你，這應該會是最後一次了吧？

因為，我想，我的旅行就要結束了。

一個多月前，我抵達了非洲的最南端。在那裡，有一個旅人們稱之為「世界的盡頭」的地方，那是南非首都開普敦附近的好望角。

我以為，到了那裡，就會找到我要的答案。

但是並沒有。

站在燈塔旁的瞭望台上，我能感受到的，只有茫然。

這一路，耗費了將近兩年的時間，從亞洲的最東邊，穿越了三個不同的大陸，來到非洲最南端，我以為這裡就會是我的終點了。

然而並不是，完全沒有那樣的感受。

眼前的這片海洋，遠方的盡頭，似乎是南極吧？

旅途還必須繼續下去，可是接下來，去哪裡呢？難道要到南極去嗎？那似乎不太現實，而我的旅費也不夠。

正徬徨的時候，我從其他旅人們口中得知了一個寶貴的資訊。

你知道馬達加斯加嗎？它位於非洲大陸東南方，是一座大型海島。

最重要的是，它居然有個別名：平行台灣。

知道這個資訊之後，我馬上決定將它作為最後一個目的地了。如果到時候我還是沒有辦法找到屬於我的世界盡頭，那麼讓我的旅途始於台灣，結束於另一個台灣，好像也不錯。

馬達加斯加雖然因為地理位置和形狀的關係被稱為平行台灣，但實際上它跟台灣一點兒也不像。硬要說的話，就是一個放大版的原始台灣吧。

島上的居民長得不像非洲人，反而更接近亞洲人。這裡的動物也很不一樣，據說島上百分之八十的動物，在世界其他地方都看不到呢！馬達加斯加人煙稀少，交通不便。幸運的是，物價非常便宜，我勉強買得起一輛很舊的吉普車。

就這樣，我已經在馬達加斯加旅行一個月了。

現在，我在島上西南部，一片不知名的荒原裡。

這裡是真正的不毛之地。前後左右，都是一望無際的平原。方圓百里內，大概都沒有人吧！唯一看得到的生物，只有天上的飛鳥。

太陽在遠方即將落下，天空是美得有點詭異的漸層橘紅色，連一抹雲都沒有。

打開地圖，我突然發現，如果將馬達加斯加類比為台灣，那麼我現在所在的位置，大概就是嘉義了吧！

一直沒有告訴你，其實當初，我是急忙著逃離嘉義、逃離台灣的。因為我害怕，我會為了你，而放棄環遊世界的夢想。

所以我出發了。

從那以來過了兩年，此時此刻，在馬達加斯加的荒原裡，這片我所見過最美麗的夕陽下，數以千計的鳥在天空飛翔著，而我正在寫信給你。

我終於明白，所謂世界的盡頭就是繞過了半個地球之後，還是沒有忘記的那個人。

寫完這封信之後，接下來，我打算回到城鎮，去買機票，然後飛到台灣去。

雖然不知道會怎麼樣。也許，你早已忘記我了，又或許，你的身邊早已經有人陪伴了呢？想起來就有點不安哪！不過，好不容易找到了這個答案，無論如何，我都要到你身邊去一趟的。

因為，那裡就是我旅途的盡頭。

亞美 筆

列車停在四方津站，吉米下了車。

從牛皮紙袋裡拿出亞美媽媽寫的紙條，照著上面的地址問了問人，不遠，從車站走過去的話，大約二十分鐘吧。

雖然搭計程車也可以，但吉米決定走路前往。

這裡果然沒有花店，幸好，已經先買了花。

穿過住宅區之後，過了一座小橋，然後從一條有點坡度的小路上山。

再走一會，吉米在一個九十度的彎道旁，轉入一條小徑。

沿著小徑走五分鐘之後，就到達了亞美媽媽紙條上寫的地點。

這是一個座落在四方津小鎮外圍的墓園，也是亞美長眠的地方。

站在墓園入口，吉米盯著手上的紙條發呆。

早在拿到牛皮紙袋後不久，他就看過這張亞美媽媽用毛筆寫的紙條了。

給吉米君：

有些話總覺得難以啟齒，因此我寫在這裡。

看到你這麼多年之後還來尋找亞美，我覺得很高興，同時也覺得有點悲傷。

很遺憾必須告訴你，當年，亞美在馬達加斯加，因為遇到暴風雨，車子翻覆，在山谷裡遇難了。

當我整理亞美的遺物時，發現了這些信件，以及你倆的合照，都包在防水袋裡，即使在風暴中也沒有受損。

我很高興能夠親手把它交給你。

再次謝謝你，沒有忘記我的孩子。

地址在這裡，可以的話，就去看看她吧。

照著紙條上的指示，很快就找到了亞美的墓。

「我來看妳囉。」

吉米將一束水仙花放在亞美墓前。

這是一座幽靜的墓園，一排排石頭雕刻的墓碑錯落有致地排列著，每一座墓碑之間都保持著一定的距離。

園裡種滿了針葉樹，和不知名的小黃花。

「妳知道嗎？我成為作曲家了喔。雖然並不是很有名……」

吉米說著，一邊開始動手整理墓地。

其實本來就很乾淨，所以吉米只是大致清理了草皮及墓碑周圍的落葉。整理完畢後，吉米從大背包中拿出礦泉水，倒在亞美的墓碑上，用手帕仔細擦拭了一遍。這套日本人掃墓的簡單儀式，他是從日劇上看來的。

清理完畢後，吉米在亞美墓前佇立良久。

直到遠方的四方津車站傳來即將發車的鳴笛聲。

「今天是我的青春18之旅最後一天了，所以……我要走囉！」

吉米說著，重新揹起大背包。

「莎喲那拉……喏，別人說莎喲那拉的時候，妳也要說莎喲那拉呀！」

四周很安靜，只聽得到風吹過樹葉的沙沙聲響。

「開玩笑的……」

吉米轉身，離開了亞美的墓，走出墓園，然後慢慢走回四方津車站。

正好趕上下一班列車。

又換過了幾班列車之後，終於抵達成田機場。

傍晚時分，吉米帶著蓋滿章的青春18車票，搭上了回台灣的飛機。

六個月後

「接下來，是今晚最後一首歌曲了……」

台北小巨蛋的舞台上，安琪的演唱會已經到了尾聲。

從台上望向台下，是一整片的螢光海，伴隨著奮力舞動雙手的粉絲們震耳欲聾的尖叫聲。夾雜在滿場座無虛席歌迷之中的，還有不少其他歌手和名人，連李國興的身影也出現在貴賓席中。

小惠也得到了一張搖滾區最前方的門票，那是她強力向安琪要求的。此刻她在台下叫得聲嘶力竭。只有這一天她不想當經紀人，只想純粹當一個歌迷。

從台下望向台上，一身黑色舞台裝、身形修長的安琪俏然而立。一盞紅色聚光燈打在她身上。舞台上除了安琪，一無別物，甚至連在台上伴奏了一整場演唱會的樂團都不見了蹤影。

「為大家帶來的是電影《回到十八歲》的主題曲……」

安琪話還未說完，台下爆出震耳欲聾的歡呼聲。

《回到十八歲》電影剛剛上映不久，而由安琪演唱的這首主題曲，在短短兩個星期內，已經成了傳唱街頭的當紅歌曲。

歡呼聲一波接著一波，不但完全沒有止息的跡象，反而越來越大聲。

「在我開始唱之前，我需要請大家安靜下來。」

安琪淡淡地說完這句話之後，彷彿施了魔法似地，整個會場立刻變得無比安靜。

台上的安琪手一揮。

一盞藍色聚光燈打在舞台右側，照出一道揹著吉他的高瘦身影。

那是吉米。

「為大家帶來這首《青春，18 × 2》。」

沒有任何其他樂器。安琪在吉米的木吉他伴奏下，緩緩唱起了這首歌。

《青春18 × 2》全書完

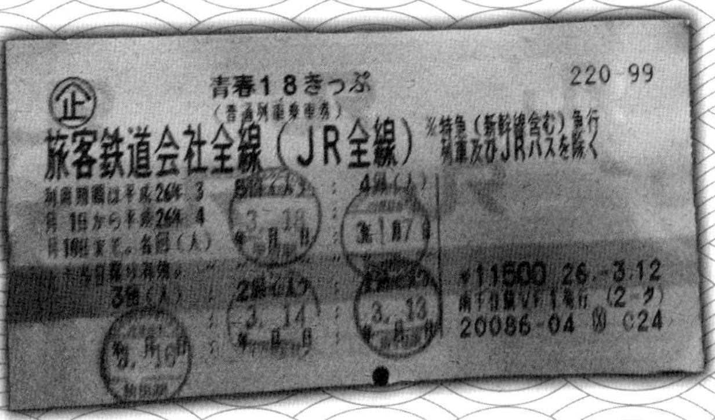

我的青春 18

後記

寫作與我

二〇一四年，我從日本旅行歸來後不久，在背包客棧上發表了「青春18×2日本慢車流浪記」這篇遊記。十年之後，由這篇遊記改編的電影終於在台灣及日本上映。而由我自己改編的小說，也在差不多的時間出版。

電影和小說的改編是分開進行的。如果你已經看過由日本的藤井道人導演執導的電影，就會發現小說的內容和電影雖有相似，但也有許多不同。雖然電影與小說都是基於我當年寫的那篇遊記，但畢竟電影的敘事方式和小說相比有著不小的差異，所以，兩者的創作過程基本上是互不干擾的。在寫小說時，我並不知道導演的故事細節，而由於小說是在電影殺青之後才寫完，導演當然就更不會知道小說的內容了。

不論是電影或是小說，改編的過程都可說是一波三折。據我所知，電影方面至少找過六、七個不同的導演及編劇嘗試改編，而小說呢，我總共寫過九個版本。大家現在看到的這本書，就是第九版。

在這裡主要想聊聊我自己寫這本小說的心路歷程，而這是一個很長的故事，要聊這件事的話，就得要從很久、很久以前說起了。

距離我上一次出書至今，已經將近十七年了。

很久以前，我曾經以寫作維生。當時在六年左右的時間裡，總共出版過九本書，然後呢？就再也沒有了。

事實上，在寫作生涯的第三年左右，我就開始遭遇嚴重的寫作障礙。若要用一句話來總結我的寫作心病，那就是：完美主義作祟。

當時，我倒也並不是沒有發現自己的問題，可是知道歸知道，要克服那就是另一件事了。那個時候，有一種很強烈的使命感，我常對自己說，如果讀者要花上幾個小時讀我寫的書，那麼我就必須讓自己的作品對得起他們的時間和金錢。也因此我對自己寫的東西越來越挑剔，最後，就完全寫不出來了。

基本上，寫作這件事變成一個痛苦的無限循環。我會花上幾小時、幾天甚至幾週的時間寫出一些東西，然後自己對自己說，這根本是垃圾。接著，就是重寫、重寫、再重寫。

在寫作生涯的最後幾年出版的那些書，事實上都是在不得不交稿的壓力下勉強擠出來的。

如果當時我有選擇的餘地，應該不會想讓那些書出版。

我曾經用過哪些拖稿的理由呢？嗯，我想在那段時間裡，我起碼手機壞掉超過十次、電腦壞掉超過二十次、隨身碟壞掉超過三十次……而事實上，那些東西通通都沒有壞過。唯一真的壞掉的，可能是我的腦袋吧……在此誠心地向當年必須不停追著我要稿子的經紀人以及編輯們道歉。（給正在看這篇的拖稿作家們：現在已經進入雲端時代，所以這些理由通通都不能用了喔！）

不誇張的說，那段時間絕對是我人生中最痛苦的時期。我仍然熱愛寫作，但是卻一直寫不出自己熱愛的作品。與此同時，經濟上也陷入了困境，畢竟沒有作品，又哪來的收入呢？

所以在二〇〇七年，出版了最後一本書之後，就決定放棄了。當時內心深處隱隱約約覺得，自己大概是沒有寫作的天份吧。既然如此，那就早一點認清自己，另外尋找生命的出路。

聽起來是不是覺得似曾相識呢？沒錯，這本書裡的主角吉米，在決定要放棄音樂時的心境，大約就是如此。雖然書裡的主角走上的是音樂之路，而不是寫作，不過我想，那種必須承認自己能力不足，然後放棄最愛的事物的心情，應該都是一樣的。我之所以將男主角命名為「吉米」這個現實生活中大家稱呼我的名字，除了因為這是自己的親身經歷改編的故事之外，有一部分也是因為我在這個角色身上的這種自我投射。

總之，後來我就找了一份工作，上班去也。

進入遊戲軟體產業之後，我很快地適應了新的生活，並且驚訝地發現，原來當一個員工，只需要完成公司交辦的事項，是多麼單純、輕鬆的一件事。也許遊戲開發的工作並不見得比寫作簡單，同樣需要創造力，而且甚至需要更多技能，但是由於我做這份工作並不像在寫作的時候，有那種無可救藥的潔癖，所以當時真的有一種放下了重擔的感覺。

就這樣，我慢慢地放下了自己對寫作的熱愛，過著朝九晚五的生活。

然後七年過去了。時間來到二〇一四年。

那年春天，從日本旅行回來之後，某一天我決定寫一篇遊記。雖然我已經放棄了寫作，但是偶爾還是會寫點日記或者雜文，純粹只是自娛。

然而，在寫那篇遊記的時候，除了當時心境上剛經歷的巨大衝擊之外，我猜想，被我自己壓抑了七年的寫作之魂大概也突然爆發了。雖然寫的不是小說，而是結合了遊記和回憶錄文體的散文類型作品。但寫完之後，我自己重讀了好幾次，才突然驚覺：這不就是我追求的那種境界嗎？

於是我將它發表到背包客棧。

在那之後，我那禁錮已久的，對於寫作的熱情又再度被燃起。我心想，說不定我的寫作障礙已經消失了，我又可以寫了！那為什麼不重新開始呢？首先，就把這篇遊記改編成小說出版吧！

後來的事大家已經知道了，是的，當時，我根本就還沒有克服我的寫作障礙。一切的過程都是那麼的熟悉，我會花上幾小時、幾天甚至幾週的時間寫出一些東西，然後自己對自己說，這根本是垃圾。

怎麼會這樣？我不是寫出了那篇遊記嗎？

當時的我還不知道，那其實和我自己身為寫作者的另一個堅持，或者說信念有關。

如果你曾經接觸過寫小說的人，又或者自己曾經嘗試過寫作，那麼你也許聽過一種說法：作家這種生物，大致上可以分成三大類。

第一類可以稱之為「策劃者」（英文是 **Plotter**）。這種類型的作家，會在實際動手進行寫作之前，進行嚴謹且完整的大綱、人物、世界觀等等的設計。

至於第二類呢？英文裡面稱他們是「讓椅子上的褲子帶著飛的人」（**Pantser**）。這種作家跟前一類相反，在寫作前完全不會擬大綱，而是單純坐下來，任思緒自由奔馳，想到哪寫到哪。

當然，還有第三類，那就是介於這兩者之間的那一種，英文裡面稱為 **Plantser**。我自己把它理解為類似「栽種者」的意思。

也許你已經猜到了，我呢，可說是百分之兩百的「讓褲子帶著飛」的那一種類型。在這方面，我甚至有一種偏執到近乎瘋狂的信念。我看不起那些預先策劃的寫作者，並認為那完全不能被稱為創作。

有一位美國的作家茱莉亞．卡麥隆曾經說：「所謂的寫作呀，其實是在聆聽來自上帝的聲音。我們不是作家，只是打字員，負責將上帝的聲音記錄下來而已。」

這番話簡直說到我心裡去，在我過往的寫作生涯中，我一直都是這麼做的。

即使後來遭遇嚴重的寫作障礙，我也從來未曾動搖過這個信念。為什麼呢？就是因為這個做法，「有時候」是可以寫出能讓自己滿足的作品的，例如那篇遊記，以及我早期的一些作品。

而且，每次我坐下來的時候，「上帝」也的確都會跟我說話。所以我的問題從來都不是寫不出東西，而是事後自己審稿的時候，會退掉大部分上帝的稿而已……

就因為有著這樣的信念，在二〇一四年寫出遊記之後，我又繼續讓褲子帶著我飛了很多年。

在這之間，我的人生一步步的發生了許多變化。我離開了遊戲產業，轉而進入教育科技產業；也結了婚，並且搬到美國居住，開始另一段新的人生。不變的是，我依然沒有再寫出自己覺得滿足的作品。日子一天天、一年年過去，好不容易重新燃起的熱情早已再度熄滅。在改編到第八個版本之後，我幾乎已經放棄這件事了。到後來，曾經的寫作生涯以及對於寫作的那份熱愛幾乎成了一個遙遠的回憶，偶爾回想起來時，只剩下一點酸楚的遺憾。不過，雖然仍是覺得失落，但也許因為已經有過一次放棄的經驗，所以很快就釋懷了。

如果不是後來發生了那件事的話，我想，也許現在你並不會看到這本小說。

搬到美國之後，很長一段時間裡還繼續遠距做著台灣的工作，由於時差的關係，上班時間變成是傍晚才開始。也因此，白天就有了很多的空閒時間。

當時我常常跑到家裡附近的社區大學圖書館，看看英文書鍛鍊英文能力，偶爾也會參加圖書館舉辦的講座。

有一次，圖書館辦了一場「小小作家啟蒙」的講座，說是會邀請一個州裡知名的作家來主持一場寫作工作坊。雖然海報上是寫歡迎十八歲以下的小作家們參加，但就跟青春18的車票一樣，反正它也沒說十八歲以上就不能參加嘛，所以我就厚顏無恥地混進去了。

結果當天，說好的知名作家因為臨時有事不能來，於是圖書館緊急另外請了一位主持人。到現在我仍然不知道她的身分究竟是什麼，也忘記了名字，只記得，她是一位金髮碧眼，渾身上下散發著知性美的女士。

工作坊一開始，她就介紹了「策劃者」、「讓褲子帶著飛的人」和「栽種者」這三類作者的差別，並且請大家聊聊自己覺得自己比較偏向哪一種類型。

還記得當時，我大顏不慚地用破英文大談讓褲子帶著飛的好處，並且還說了類似「所謂的創作應該是發自內心的，我認為照著大綱寫作，稱不上是藝術創作。」這樣的話。

當時金髮美女主持人只是笑咪咪地說了句：「我懂，我曾經也是這樣的。不過後來我稍微嘗試了一下在寫作前先策劃，結果發現，適當的策劃，讓我不但突破了寫作障礙，而且更享受寫作了呢！」

如果是在以前，我肯定會對這番話嗤之以鼻。但是當天，不曉得為什麼，心中卻隱隱約約覺得，說不定我也可以來嘗試看看。也許是因為美女說的話總是比較有說服力吧。

那只是一個很簡單的小活動，不到三個小時就結束了。後來，我自己看了一些書、找了一些資料，研究了幾個知名作家策劃寫作內容的方法，然後制定了一套我覺得適合自己，不會影響正式寫作時自由揮灑的方法。

而我使用這個方法，寫出的第一部作品，就是你現在手上的這本書了。

寫完這本書的最後一頁時，我才瞭解到，當初金髮美女簡單的一番話，竟然對我產生了這麼大的影響。雖然她沒有真的教我什麼寫作規劃的方法，但是如果沒有她，恐怕到現在，我還在繼續讓褲子帶著飛吧。

可惜一直到現在我還是不知道她是誰。我曾經向圖書館的工作人員詢問，想著至少可以寫封電子郵件向她道謝，但是，他們都沒有任何關於她的資訊。不曉得是真的不知道呢，還是覺得這位奇怪的亞洲人大叔心懷不軌，因此不想透露……

拉拉雜雜地講了一大堆，這篇後記有點寫得太長了。

最後我想說的是，我猜想，不論是寫作、音樂創作或者是任何其他的領域裡，一定有很多像我一樣的人。

因為熱愛，所以在乎；而因為太過在乎，往往也就更容易陷進無法自拔的死胡同裡。也許是遭遇了跟我類似的問題，又也許是遭遇了其他的問題。

美國作家查爾斯．巴克斯特（Charles Baxter）在他的散文集 *Wonderlands* 裡說：「失敗，在任何值得經歷的人生中，都是無法避免的。在年輕時連續寫了三本沒人喜歡的小說之後，我才慢慢學會了接受這件事。」

關於如何從失敗中學習，每個人都需要自己去找到自己的解答，而別人所能提供的最好幫助，大概也就是分享自身的經驗而已。就像我從金髮美女的經驗得到啟發，我想，說不定這篇囉哩囉嗦的後記，也對於某些人有一些些意義呢？這麼想著，就忍不住越寫越長了，雖然我不是美女也不是帥哥，說的話可能沒什麼說服力就是了……（咦）

總而言之，這就是我的寫作心路歷程。若要用簡單幾句話來總結的話，那大概就是：

菩提本無樹，明鏡亦非台，本來無一物，何處惹塵埃。

二〇一四年寫的這篇遊記，能夠成功改編成電影和小說，要感謝的人很多，若要一一列出，恐怕會讓這篇後記變得更長，所以最後，在這裡我想簡單感謝最關鍵的三個人。

首先要感謝的是江豐和喵導。當初簽下改編電影的合約之後，即使改編難度很高，你們也從來沒有放棄，更沒有只是為了儘快拍出電影而妥協讓步。同時，也因為你們的建議和鼓舞，才更堅定了我寫完這本小說的念頭，甚至到最後這本小說的順利出版，也是由於江豐幫忙向出版社牽線的關係。

最後要感謝的則是我的老婆。不但因為有妳的體諒和支持，讓我可以放假專心寫稿，而且因為有妳的存在，讓我在創造安琪這個角色時，得到了很好的靈感。謝謝妳，至於到時候我寫下一部作品需要請的假，也要麻煩妳預先批准囉。

藍狐

二〇二三年十二月 於科羅拉多

國家圖書館出版品預行編目資料

青春18X2/藍狐著. -- 初版. -- 臺北市：蓋亞文化有限公司, 2024.02
面；　公分. -- (故事集；36)
ISBN 978-626-384-079-9(平裝)

863.57　　112022110

故事集 036

青春18x2——日本慢車流浪記

作　　者　藍狐
封面影像　翻滾吧男孩電影有限公司提供／劇照江毓軒
裝幀設計　莊謹銘
總 編 輯　沈育如
發 行 人　陳常智
出 版 社　蓋亞文化有限公司
地址：台北市 103 承德路二段 75 巷 35 號 1 樓
電話：02-2558-5438　傳真：02-2558-5439
電子信箱：gaea@gaeabooks.com.tw
投稿信箱：editor@gaeabooks.com.tw
郵撥帳號 19769541　戶名：蓋亞文化有限公司
法律顧問　宇達經貿法律事務所
總 經 銷　聯合發行股份有限公司
地址：新北市新店區寶橋路二三五巷六弄六號二樓
電話：02-2917-8022　傳真：02-2915-6275
港澳地區　一代匯集
地址：九龍旺角塘尾道 64 號龍駒企業大廈 10 樓 B&D 室
電話：+852-2783-8102　傳真：+852-2396-0050
初版三刷　2024 年 07 月
定　　價　新台幣 299 元
Published and printed in Taiwan

ISBN 978-626-384-079-9

GAEA

GAEA